En lui, elle vit le corsaire d'autrefois

"Combien de temps pensez-vous rester à Flambeau?" questionna-t-il soudain.

"Un mois, je pense. Si ma tante a besoin de moi, je resterai plus longtemps."

Howard la scrutait d'un air inquisiteur. "Vous êtes son seul lien familial, n'est-ce pas?

"En effet." Andrina commençait à se sentir intriguée par toutes ces questions.

"Vous pourriez sans difficulté prolonger la durée de votre séjour?"

Andrina affronta le regard de son interlocuteur. "Où voulez-vous en venir, monsieur Prentice? Avez-vous quelque chose à m'apprendre au sujet de ma tante?" Lui avait-on caché un fait important, un secret? Qu'en savait ce...ce pirate?

Entre mer et flammes

Jean S. MacLeod

Harlequin Romantique

PARIS · MONTREAL · NEW YORK · TORONTO

Publié en janvier 1984

ISBN 0-373-41232-0

Dépôt légal 1ᵉ trimestre 1984
Bibliothèque nationale du Québec et Bibliothèque nationale
du Canada.

Imprimé au Québec, Canada—Printed in Canada

1

Debout sur la jetée déserte, Andrina Collington contemplait d'un regard émerveillé les flots bleus de la mer des Caraïbes. La beauté de ce paysage marin, cerné par une végétation luxuriante, lui faisait presque oublier les fatigues de son long voyage. A l'horizon, des masses rocheuses, frangées de reflets argentés, scintillaient telles des diamants sous les rayons aveuglants du soleil. Quelque part parmi ces îles bordées d'écume de l'archipel des Grenadines se trouvait Flambeau, coin de terre perdu au milieu de l'océan sans fin, comme oublié du monde. Andrina essuya son front humide d'un revers de la main et laissa échapper un léger soupir. Parviendrait-elle, dans la paix de ce décor enchanteur, à chasser de son esprit les ombres du passé?

« J'ai besoin de toi », lui avait écrit sa tante Isabelle. « Depuis la mort de ton oncle, je me sens très seule. J'essaie de me tirer d'affaire par mes propres moyens, mais mon âge commence à rendre ma tâche bien difficile. Pourquoi ne viendrais-tu pas me rendre visite? Tu passerais ici d'excellentes vacances, et ta présence m'apporterait un immense réconfort. Tu es tout ce qu'il me reste de famille, et tu connais l'affection que je te porte... »

Isabelle était la sœur cadette du père d'Andrina.

Son mariage avec Albert Spiller, un journaliste américain originaire de Floride, l'avait éloignée définitivement de l'Angleterre. Après une existence ponctuée de voyages et de séjours dans des pays lointains, le couple avait fini par réaliser son rêve : s'établir dans les Caraïbes et y ouvrir un hôtel. Andrina n'était alors qu'une adolescente, mais elle avait suivi avec une pointe d'envie les péripéties de leur installation dans l'île Flambeau. Leur domaine s'étendait sur près de la moitié de ce morceau de terre, que chacune de leurs lettres décrivait comme un véritable paradis.

Une heure plus tôt, dans le petit avion de tourisme qui reliait la Barbade à Grenade, la jeune femme avait eu le souffle coupé à la vue de ce ciel d'un bleu limpide, qui se confondait avec la mer, au-dessus d'un chapelet de petites îles incrustées dans le tissu de l'océan. Sur le chemin du port, le chauffeur de taxi lui avait fait admirer, avec une fierté de propriétaire, les maisons de pêcheurs aux murs de torchis, les plages de sable doré balayées par le va-et-vient nonchalant des vagues et les larges allées encadrées de palmiers géants.

Comme convenu, une petite vedette l'attendait, amarrée à l'extrémité de la digue. Mais ses occupants semblaient l'avoir abandonnée, car les appels de la jeune femme étaient restés sans réponse. Un silence oppressant, qu'aucun signe de présence humaine ne venait troubler, régnait sur le paysage inondé de soleil. En ce milieu d'après-midi, Andrina était la seule personne visible, sur plusieurs kilomètres à la ronde.

L'embarcation se balançait mollement le long du mur de pierre tapissé d'algues humides. Sa cabine se perdait dans un amoncellement de caisses de vin et de nourriture. La jeune femme songea que toutes ces provisions étaient sans doute destinées à l'hôtel de sa tante.

— Vous attendez M. Fabian, Miss ?

Le son de cette voix masculine la fit sursauter, et elle se retourna pour se trouver face à un homme de petite taille, au visage fendu d'un large sourire.

— Oui, c'est exact, répondit-elle. Savez-vous où je puis le trouver ?

Son interlocuteur plissa imperceptiblement le front.

— Le moteur est en panne... il est allé chercher une pièce de rechange.

— Il y a longtemps ?

Cette question parut le surprendre. Le temps ne revêtait visiblement guère d'importance à ses yeux. Il eut un bref haussement d'épaules puis considéra la position du soleil dans le ciel.

— Une heure... peut-être deux...

— Deux heures ! répéta Andrina soudain inquiète. Pensez-vous qu'il soit allé jusqu'à Saint Georges ?

— Je ne crois pas. Il sera là avant la tombée de la nuit.

La jeune femme scruta l'horizon avec impatience. A quelques kilomètres de la côte, une magnifique goélette fendait majestueusement le fil de l'eau.

— Je dois absolument me rendre à Flambeau, reprit-elle à l'adresse de l'inconnu. M. Fabian devait m'y conduire dès mon arrivée. S'il ne vient pas, je serai obligée de passer la nuit ici.

— Ne vous inquiétez pas, il ne va sans doute pas tarder à arriver.

— Sommes-nous loin de Flambeau ?

— Non, quand la mer est bonne il faut une heure de trajet... à condition que le moteur marche correctement.

Depuis le début de leur conversation, le petit

homme ne s'était pas départi de son ton laconique et désinvolte. Andrina considéra le canot d'un œil circonspect : il avait sans doute connu des jours meilleurs. Sa peinture ne subsistait plus qu'à l'état de lambeaux épars et ses planches disjointes conservaient les traces de nombreuses blessures. A l'intérieur, un étroit banc de bois, encombré de sacs et de paquets, épousait les contours de la coque.

— Comment vous appelez-vous ? demanda-t-elle à l'étranger.

— Joss. Je suis le bras droit de M. Fabian.

— Travaillez-vous aussi pour ma tante, Mme Spiller ?

— Nous travaillons tous pour elle. C'est une patronne épatante !

— Et M. Fabian ?

— C'est l'intendant du domaine.

L'espace d'un instant, Andrina essaya d'imaginer à quoi pouvait bien ressembler l'homme qui avait la charge de l'île depuis la mort de son oncle. Un vieil employé austère et intransigeant ? Un ancien marin, comme il en existe tant dans les Antilles, actif et travailleur ? Ou bien encore l'un de ces affairistes paresseux, qui avait saisi l'occasion de couler des jours paisibles, en profitant du désarroi de sa tante ?

Elle renonça à ces vaines suppositions et étira ses membres endoloris. Le long voyage depuis Londres l'avait littéralement épuisée. La chaleur accablante, la brûlure du soleil sur sa peau fragile, l'attente forcée dans ce lieu inconnu, avaient raison de ses dernières forces. Elle éponsea à nouveau les gouttes de sueur qui perlaient sur son front et rejeta en arrière ses épais cheveux roux. Joss, qui l'observait du coin de l'œil, parut prendre conscience de son extrême lassitude.

— Pourquoi ne vous asseyez-vous pas près de la cabine ? Il y fait moins chaud.

Le grand voilier qu'elle avait remarqué à l'entrée de la rade, n'était plus qu'à quelques encablures de la vedette. Andrina jeta un regard vers ses deux valises que le chauffeur de taxi avait déposées sur la jetée.

— Je ne sais pas si je trouverai une place pour mes bagages. Le canot est déjà surchargé et...

— Ne vous faites aucun souci. Tout se passera très bien.

Après une courte hésitation, elle accepta la main qu'il lui tendait et sauta sur le pont. Sous le choc, l'embarcation vacilla légèrement, mais Andrina n'eut aucune peine à conserver son équilibre. Tandis qu'elle se frayait un chemin à travers l'entassement de caisses et de cartons, elle sentit peser sur elle le poids d'un regard pénétrant. La goélette s'apprêtait à aborder. Debout à la barre, un homme de haute taille, aux larges épaules, considérait la jeune femme avec une curiosité teintée d'un imperceptible mépris. Les yeux sombres d'Andrina croisèrent dans un éclair le regard métallique de l'inconnu. Bientôt, il détourna la tête pour concentrer toute son attention sur la manœuvre d'accostage. Elle le regarda faire avec intérêt.

— Quel magnifique bateau ! murmura-t-elle comme en se parlant à elle-même.

— C'est « L'Aigle des Mers », expliqua Joss. Un ancien navire de pirates. Il faisait de la contrebande entre les îles.

Une foule d'images, puisées dans de lointains souvenirs d'enfance, assaillirent l'esprit d'Andrina. L'homme au corps souple et musclé dont elle avait surpris le regard hautain, quelques secondes plus tôt, lui apparut sous un jour différent. Elle vit en lui un corsaire farouche et intrépide, sillonnant les étendues de l'océan, à la recherche de nouvelles proies. Sa mâchoire anguleuse, les os saillants de ses joues, son teint hâlé, auraient pu appartenir à l'un de ces aventuriers qui peuplent la légende des mers.

Elle en était là de sa rêverie, quand le ronflement irrégulier d'un moteur vint soudain rompre la paix du paysage tropical. Une vieille camionnette sortit d'un nuage de poussière, emprunta la digue à folle allure et s'arrêta à quelques centimètres du bord, dans un horrible grincement de pneus.

— Voilà M. Fabian ! s'écria Joss.

Un homme vêtu d'un jean décoloré et d'une chemise à carreaux ouverte jusqu'à la taille, sauta du véhicule en faisant signe au chauffeur d'attendre. Il était beaucoup plus jeune qu'Andrina ne l'avait imaginé. Son visage aux traits réguliers était encadré de longs cheveux noirs qui retombaient sur sa nuque. Il avait des yeux vifs, d'un vert presque transparent. Sa silhouette élancée, à la peau bronzée, trahissait l'habitude de la vie au grand air. A la vue de la jeune femme, sa bouche s'élargit dans un sourire charmeur.

— J'ai fait aussi vite que possible, fit-il en s'approchant du canot à grandes enjambées. Je suis Gerald Fabian, l'intendant de votre tante.

Il serra la main d'Andrina et reprit :

— J'avais prévu de vous attendre à l'aéroport, mais j'ai été retenu au garage. Le bateau se fait vieux, et il devient de plus en plus difficile de lui trouver des pièces de rechange. Joss a dû vous dire qu'il était en panne.

Il déchargea de la camionnette une lourde pièce de métal et renvoya le chauffeur.

— Vous ne le payez pas ? interrogea Andrina pour engager la conversation avec le nouveau venu.

— Tout est inscrit sur une facture que nous réglons à la fin de chaque mois, expliqua-t-il. Nous louons la camionnette quand nous en avons besoin… Au fait, avez-vous fait bon voyage ?

— Oui, je vous remercie. Monsieur Fabian, existe-t-il un moyen d'avertir ma tante de notre retard ?

Il ne dissimula pas sa surprise.

— L'avertir ? Vous savez, ce genre de panne arrive fréquemment. Elle ne s'inquiétera pas. D'ailleurs, le temps ne compte guère ici...

— Mais nous partons bientôt ?

— Eh bien... il faut que je remonte le moteur, que j'installe la nouvelle pièce... Nous pourrons sans doute embarquer avant la tombée du jour...

— Je vous en prie, ne plaisantez pas. Vous avez sûrement une radio ou...

— Hélas ! coupa le jeune homme. Le récepteur de Flambeau est hors d'usage depuis une semaine. Nous ne pouvons joindre Mme Spiller.

Andrina eut un geste de découragement.

— Au moins, êtes-vous certain de pouvoir réparer le moteur d'ici la fin de l'après-midi ?

— Je ferai de mon mieux, Miss Collington. Mais n'ayez aucune crainte. En cas de besoin, nous pourrons toujours passer la nuit à bord.

La jeune femme crut déceler une légère pointe d'ironie dans ces paroles.

— Nous trouverons peut-être quelqu'un pour vous aider...

Il embrassa la jetée déserte d'un regard morose.

— Je crains que non. D'ailleurs je suis parfaitement capable de me tirer d'affaire tout seul.

Comme elle se taisait, Gerald Fabian s'approcha et lui prit la main.

— Faites-moi confiance. Bientôt vous serez chez votre tante. En attendant, reposez-vous et détendez-vous. Le bateau nécessiterait un sérieux coup de peinture, mais nous avons tout ce qu'il faut à bord. Peut-être souhaitez-vous manger ou vous rafraîchir ?

Andrina reconnut qu'elle avait très soif. L'intendant poussa une exclamation joyeuse et la précéda à l'intérieur de la cabine, où régnait une chaleur étouffante. Un placard réfrigérant était aménagé dans l'une des cloisons. Il l'ouvrit et tendit le bras vers les étagères garnies de flacons.

— Thé, limonade, jus de fruits ?...

Sans lui laisser le temps de répondre, il saisit un verre qu'il essuya avec un torchon.

— Il convient de traiter ses invités avec égards ! fit-il en lui donnant le récipient.

— Je ne suis pas vraiment une invitée, protesta Andrina. Ma tante m'a écrit qu'elle avait besoin de moi. J'ai bien l'intention de l'aider de mon mieux.

Ils conversèrent encore pendant quelques instants, puis le jeune homme s'interrompit, se rappelant qu'une tâche importante l'attendait. Dans l'embrasure de la porte, il se retourna :

— Rejoignez-nous sur le pont dès que vous serez désaltérée. Il fait bien trop chaud ici.

Après son départ, la jeune femme se versa un jus de citron et dégusta le liquide glacé à petites gorgées. La soif la tenaillait depuis sa descente d'avion. Mais elle avait été trop fascinée par la beauté du paysage pour songer à prendre un verre avant de quitter l'aéroport. Elle avait atterri au milieu de montagnes volcaniques dont les flancs tapissés de forêts tropicales descendaient en pentes douces vers les plages de sable fin. Plus d'une fois dans le taxi, elle avait été tentée de courir vers les criques bordées de palmiers et de muscadiers, où les rayons du soleil semblaient comme pris au piège d'une arabesque de couleurs.

Elle rinça son verre au petit évier encastré dans un coin de la cabine et sortit. Gerald Fabian et Joss avaient disparu. Andrina fouilla les alentours d'un regard inquiet. Où donc étaient-ils passés ? Seule la respiration régulière du flux et du reflux rompait le silence du bord de mer.

— Vous avez des ennuis ?

Andrina fit volte-face et se trouva nez à nez avec le capitaine de la goélette. Au même moment, la chevelure hirsute de Gerald jaillissait de derrière un amas de caisses.

— Que voulez-vous ? lança-t-il d'un ton peu amène à l'adresse du visiteur.

— J'ai vu que vous aviez un problème. Je viens vous offrir mon aide.

— Je suis assez grand pour me débrouiller seul.

La jeune femme perçut une certaine tension entre les deux hommes. Le propriétaire de « L'Aigle des Mers » attendait visiblement d'être présenté à la nouvelle venue.

— Miss Collington, annonça Gerald à contre-cœur. Elle va séjourner quelque temps à Castaways.

— Vous êtes la nièce de Mme Spiller ! Je m'appelle Prentice, Howard Prentice. Je suis le plus proche voisin de votre tante.

Ces brèves présentations n'avaient pas dissipé le climat d'hostilité qui s'était instauré depuis l'arrivée de cet homme plein d'une mystérieuse froideur.

— « L'Aigle des Mers » appareille dans une demi-heure, poursuivit-il de sa voix grave. Vous pouvez monter à bord. Je me ferai un plaisir de vous conduire à Flambeau. Voulez-vous que je trans-mette un message radio à votre tante ?

— C'est impossible, intervint Gerald. Notre récepteur est en panne.

Howard Prentice ne parut pas surpris outre mesure. Il se contenta de renouveler sa proposition et abandonna ses interlocuteurs après un vague salut.

— Rien ne peut le satisfaire autant que nos ennuis, grinça Gerald en suivant du regard sa longue silhouette. Tout marche avec la précision d'une horloge sur son bateau. Il ne manque pas une occasion de nous faire sentir sa supériorité.

Il détourna la tête et se remit au travail.

— Il faut à tout prix que je remette ce moteur en marche. Il serait trop content de me voir passer la nuit ici.

— N'êtes-vous pas injuste avec lui ? glissa Andrina. Il a tout de même offert de me conduire à Flambeau.

— C'était la moindre des choses... Mais ne vous y trompez pas : cet homme méprise ses semblables, et tout particulièrement l'entourage de votre tante. Il pense que nous ne gérons pas convenablement Castaways. Selon lui, nous devrions mettre les terres en culture... alors que depuis des années nous nous ingénions à préserver le caractère unique et sauvage du site.

— Envisagerait-il d'y porter atteinte ?

— J'ignore quelles sont ses véritables intentions. Mais je sais qu'il n'a qu'une idée en tête : la rentabilité. Sa propriété est couverte de plantations. De plus, il a totalement réorganisé le travail des pêcheurs... pour son plus grand profit, bien entendu.

— Sa maison est proche de Castaways ? interrogea Andrina, tout en restant attentive aux efforts du jeune homme, qui réajustait une par une les pièces du moteur.

— Trop proche à mon goût. Il est au courant de tous nos faits et gestes. Dans un territoire de douze kilomètres sur quinze, il est impossible d'ignorer ses voisins... même si l'on ne rêve que de les voir disparaître. Prentice vit pourtant chez lui en véritable ermite. Et quand il ne travaille pas, il passe l'essentiel de ses journées en mer.

Il ne faisait aucun doute que l'intendant de

Castaways détestait Howard Prentice. Le jalousait-il ? Lui enviait-il sa richesse et son indépendance ? La jeune femme se demanda ce qui pouvait bien retenir un Gerald Fabian dans ce coin de terre éloigné du confort et des loisirs de la civilisation. La question ne se posait pas pour le maître de « L'Aigle des Mers ». Farouche et solitaire, il semblait vivre en parfaite harmonie avec cette nature sauvage. Il émanait de cet être fascinant un étrange mystère. Représentait-il un réel danger pour les autres habitants de l'île ?

Une exclamation rageuse vint interrompre le fil de ses pensées :

— Maudit moteur ! hurlait Gerald en tirant vainement sur le câble du démarreur. C'est à n'y rien comprendre.

Il se redressa en s'essuyant les mains sur un vieux chiffon.

— Avez-vous vérifié le niveau d'huile ? questionna Joss pour tenter de se rendre utile.

— Bien sûr, rétorqua sèchement son patron. Je ne suis pas complètement idiot !

Le visage du petit homme se rembrunit.

— Je fais de mon mieux, monsieur Fabian, protesta-t-il. Ce n'est pas ma faute si ce moteur refuse de démarrer. Nous pourrions peut-être demander à M. Prentice de nous envoyer son maître d'équipage. C'est un excellent mécanicien et...

— Joss, épargnez-moi de tels conseils ! Vous dites vraiment n'importe quoi !

Andrina jeta un coup d'œil furtif à sa montre. Il était tard et déjà le soleil commençait à s'effacer derrière l'horizon. Sa tante devait être morte d'inquiétude.

— Pensez-vous pouvoir vous tirer d'affaire ? fit-elle d'une voix tendue, à l'intention de Gerald.

Ce dernier lui adressa un de ses sourires charmeurs.

— Avant la nuit, je ne crois pas. Il faut que je démonte cet engin encore une fois. Nous rejoindrons Flambeau à la lueur des étoiles...

— Et s'il refuse à nouveau de démarrer ?

— Je pourrai toujours vous aménager une couchette sur le pont ou à l'intérieur de la cabine.

Ne sachant comment interpréter les paroles de son interlocuteur, la jeune femme détourna le regard. Elle aperçut aussitôt la silhouette d'Howard Prentice. Il marchait dans leur direction.

— Je vois que les choses ne se sont guère améliorées depuis tout à l'heure, constata-t-il en rejoignant la vedette. Je vais vous envoyer Parson, il pourra vous aider. Miss Collington peut embarquer sur mon bateau.

Il parlait en homme habitué à donner des ordres.

— Si Gerald parvient à nous dépanner assez rapidement, je préfère rester, intervint Andrina. Je ne voudrais surtout pas vous déranger, monsieur Prentice.

— Vous ne me dérangez pas.

Il la dévisagea d'un air réprobateur.

— Vous paraissez bien fatiguée. Pourquoi refuser une traversée rapide et confortable. Enfin !... Je lève l'ancre dans une dizaine de minutes. Vous pouvez encore changer d'avis...

Sur ces mots, il tourna le dos et s'éloigna d'une démarche nonchalante.

— Il vous fait une faveur, remarqua Gerald d'un ton amer. Mais n'ayez crainte, il fera tout pour que vous vous sentiez redevable du service qu'il vous rend. Il vous reste exactement dix minutes pour vous décider. Pas une de plus...

Andrina hésitait sur l'attitude à adopter.

— Si je pars, j'aurai un peu le sentiment de vous

abandonner. D'un autre côté, je ne puis vous être d'aucun secours…

Elle jeta un coup d'œil derrière son épaule, en direction du grand voilier qui se balançait mollement au rythme des vagues.

— Je crois que je ferais mieux d'accepter l'invitation de M. Prentice… J'ai hâte d'aller rassurer ma tante.

Le corps du jeune intendant se raidit imperceptiblement. Il la considéra d'un regard étrange.

— Vous avez peut-être raison, fit-il après un temps. Il se peut que je reste immobilisé ici jusqu'à demain.

— Je préviendrai tante Isabelle. Joss pourrait-il porter mes bagages ?

Gerald hocha silencieusement la tête. Il n'avait manifestement aucune envie de l'accompagner à bord de la goélette.

— Vous serez sur l'île dans moins d'une heure, observa-t-il d'une voix neutre. Au revoir.

Sur ce, il retourna à son travail, sans plus se préoccuper de la présence de la jeune femme. Andrina se dirigea d'un pas lent en direction de la goélette. En chemin, elle croisa un jeune métis, vêtu d'une chemisette blanche, qui la salua respectueusement. Il s'agissait sans doute du mécanicien promis par Howard Prentice. Quand elle arriva à proximité du bateau, elle vit ce dernier debout près de la passerelle. Il s'était visiblement attendu à sa capitulation.

— Bienvenue à bord de « L'Aigle des Mers », fit-il en l'entraînant sur le pont. Où sont vos bagages ?

— Joss va les apporter.

— C'est parfait ! Je laisse Parson à Fabian. Ils seront à Flambeau demain matin.

— Vous estimez qu'ils ne pourront réparer avant la nuit ?

— J'en doute. Fabian devra vraisemblablement retourner à Saint Georges.

— Mais il ne peut laisser toutes ces provisions sans surveillance...

— Joss s'en occupera. C'est un homme digne de confiance.

A cet instant, le petit homme arriva avec les valises.

— Posez-les dans le salon, indiqua Prentice.

Puis se tournant vers sa passagère :

— C'est tout ce que vous avez apporté ?

— Oui, je n'ai pas jugé utile de m'encombrer de tenues de soirée.

Ses lèvres se plissèrent en un mince sourire.

— Vous avez bien fait. Quelques touristes arrivent parfois avec de somptueuses toilettes. Mais elles trouvent rarement l'occasion de les sortir de leurs valises.

Après cette remarque empreinte de dédain, il lança un ordre d'une voix forte. Aussitôt, le vrombissement d'un puissant moteur s'éleva dans l'atmosphère paisible de fin d'après-midi. Il se mit à la barre et par une savante manœuvre, guida le navire vers le large. Appuyée contre la porte de la cabine, Andrina vit les silhouettes des trois hommes restés à terre diminuer peu à peu, puis disparaître dans le lointain.

— Combien de temps comptez-vous rester à Flambeau ? questionna soudain le commandant en haussant la voix pour couvrir le bruit du moteur.

— Un mois, je pense.

— Aimeriez-vous y séjourner plus longtemps ?

— Si ma tante a besoin de moi, je demeurerai à ses côtés...

Il la scrutait d'un air inquisiteur.

— Vous êtes son seul lien familial, n'est-ce pas ?

— Oui, en effet. Elle n'a pas d'enfants. J'imagine qu'elle doit se sentir bien seule par moments.

— Que faites-vous en Angleterre ? Vous travaillez ?

— Non, balbutia Andrina en sentant le rouge affluer à ses joues, à l'évocation d'un passé encore récent. J'étais secrétaire, mais j'ai donné ma démission il y a trois semaines.

— De sorte que vous pourriez sans difficulté prolonger la durée de votre séjour à Castaways ?

La jeune femme se sentit soudain intriguée par ce flot de questions. Elle redressa la tête et affronta le regard de son interlocuteur.

— Où voulez-vous en venir, monsieur Prentice ? Avez-vous quelque chose à m'apprendre au sujet de ma tante ?

Il eut un signe de dénégation.

— Nullement ; simple curiosité de ma part.

Le voilier glissait avec légèreté sur les eaux limpides, traçant sa route au milieu d'une multitude de petites îles aussi pittoresques les unes que les autres. Andrina quitta la cabine pour mieux les observer.

— Laquelle est Flambeau ? demanda-t-elle après que son compagnon l'eut rejointe près du bastingage.

— Nous n'allons pas tarder à l'apercevoir, répondit-il en pointant l'index vers l'avant du navire.

Tandis qu'ils conversaient, un homme s'était installé devant le gouvernail. Deux autres déroulaient des cordages et hissaient la grand-voile. Soudain, le ronflement du moteur s'interrompit et un silence parcouru de légers frémissements s'abattit sur eux. On n'entendait que le clapotis des vagues contre la coque métallique et le bruissement lointain du ressac. Andrina regarda avec émerveillement la toile blanche se déployer lentement et s'enfler sous l'effet

du vent. L'espace d'un instant, « L'Aigle des Mers »
se cabra, comme mû par un invisible ressort. Puis il
reprit sa course majestueuse à travers le flot bleuté.

— Pourquoi a-t-on appelé cette île « Flambeau » ? murmura enfin la jeune femme, après un
long moment d'indicible émotion.

— Vous le devinerez vous-même quand nous
serons suffisamment près. Nous arriverons à l'heure
idéale. Le coucher du soleil est le plus beau moment
de la journée. Vous l'auriez manqué si vous aviez
passé la nuit sur le canot.

— Je serais retournée à Saint Georges. Je n'avais
aucunement l'intention de dormir sur le pont.

Howard Prentice tendit les cordages de la grand-
voile.

— Organisez-vous des croisières sur votre
bateau ? demanda Andrina, curieuse de connaître
l'usage qu'un homme seul pouvait faire d'une si
grande embarcation.

— De temps en temps, quand j'en ai l'occasion.

Elle dut se contenter de cette réponse laconique.
Quand il rouvrit la bouche, ce fut pour attirer son
attention vers la pointe du voilier.

— Nous approchons de Flambeau. Comprenez-
vous maintenant pourquoi notre île porte ce nom ?

Elle suivit son regard et découvrit devant elle une
chaîne de montagnes imposantes, plongeant en
abrupt dans le bleu profond de l'océan. Sur le
sommet le plus élevé, un gigantesque brasier,
comme suspendu à l'intérieur d'une immense
cuvette circulaire, embrasait l'horizon d'une auréole
flamboyante à laquelle venaient se mêler les reflets
rougeoyants du soleil couchant. De l'endroit où ils se
trouvaient, cette boule de feu jaillie des flancs
escarpés du volcan, se détachait dans le ciel comme
une gigantesque torche. De l'autre côté de l'île, le
sable blond, posé comme une couronne autour

d'une végétation chatoyante, formait un singulier contraste avec le versant sombre et mat qui descendait du cratère enflammé.

La voix d'Howard retentit comme un murmure à l'oreille d'Andrina. On eût dit qu'il voulait préserver le calme et la beauté impressionnante du paysage.

— Le volcan ne brûle pas toujours ainsi. Mais c'est comme cela que je l'ai vu la première fois. Je n'oublierai jamais ce tableau féerique. Même si je dois un jour vivre loin d'ici...

— Vous en avez l'intention ?

— Non, pas le moins du monde. Flambeau est ma nouvelle demeure, ma véritable patrie.

Ils approchaient de l'île à vive allure. Les cônes montagneux dessinaient leurs formes arrondies dans le ciel d'azur. Andrina prit soudain conscience de l'isolement de l'île.

— Vous devez vous sentir éloigné de tout parfois.

— Non. Je déteste la foule et la prétendue civilisation. Et puis j'adore cette terre. J'en possède la moitié et j'essaie de l'exploiter au mieux.

La jeune femme vit dans cette réflexion une allusion perfide à la mauvaise gestion de Castaways.

— Ma tante est veuve, rétorqua-t-elle un peu sèchement. Je crois qu'elle fait de son mieux pour tenir son domaine.

— Je ne mets pas en doute ses bonnes intentions. Mais quel dommage de laisser toutes ces bonnes terres sans plantations !

— Vous aimeriez bien les avoir en votre possession, n'est-ce pas ? Vous seriez ainsi le maître de l'île tout entière.

Howard Prentice fronça les sourcils.

— Je vois que Fabian n'a pas perdu de temps. Il vous a déjà prévenue contre moi. Je ne puis espérer votre amitié, Miss Collington. Mais sachez que je ne suis pas responsable du climat d'hostilité qui règne entre Castaways et ma propre demeure. Mme Spiller a ses conseillers. Je ne saurais trop vous recommander de vous en méfier.

Ces paroles tombèrent dans un silence pesant. Faisait-il allusion à Gerald avec cette expression de « conseillers » ? Ce dernier n'était que le principal employé de tante Isabelle. Il ne pouvait exercer aucune influence néfaste sur elle.

— Ecoutez, monsieur Prentice. Je ne suis là que pour un mois. Toutes ces histoires ne me concernent pas.

Cette mise au point clairement énoncée, elle reporta toute son attention sur la petite île et avisa une plage encastrée entre les rochers, dont le sable blond s'étalait à l'ombre de gigantesques palmiers. Sa tante ne lui avait pas menti : Flambeau était bien le paradis qu'elle avait maintes fois décrit dans ses lettres.

— Peut-on voir l'hôtel d'ici ?

— Pas encore, répondit le commandant du voilier. Il est situé plus loin en amont de la plage.

La présence d'Howard Prentice emplissait la jeune femme d'un trouble indéniable. Cet homme mystérieux, aux réactions imprévisibles, exerçait sur elle une étrange fascination. Une foule de souvenirs affluèrent à sa mémoire. Depuis la trahison de Dirk, elle s'était juré de ne plus succomber aux pièges de l'amour et de refuser à jamais sa confiance à tout homme.

Un bruit insolite la tira de ses sombres pensées. Howard venait de jeter l'ancre, et la chaîne se déroulait à une vitesse vertigineuse.

— Vous voilà arrivée ! s'exclama-t-il. Castaways dans toute sa splendeur !

— Mais... où est l'hôtel ? Je ne vois rien...

Une végétation foisonnante bordait la petite crique, dissimulant en partie l'intérieur des terres.

— Ne vous inquiétez pas. Votre tante habite là-bas, derrière ce rideau d'arbres.

Après avoir parcouru le rivage de son regard clair, il poursuivit :

— Je vais vous conduire jusqu'à la plage. Personne ne semble avoir remarqué notre arrivée.

Il fit descendre une barque le long de la coque du voilier et disposa une échelle de corde.

— Je passe le premier, décida-t-il. Je vous aiderai à descendre.

Pour la première fois, sa voix était animée d'une certaine chaleur. Il l'aida à s'installer dans la petite embarcation et s'empara des deux rames.

— Vous aimez la mer ? demanda-t-il dans un sourire.

— Comme une citadine ! Je ne suis jamais montée dans une barque. Vous savez, je suis londonienne.

— Vous n'avez pas même navigué sur le lac de Hyde Park ?

Andrina partit dans un joyeux éclat de rire.

— Si, une fois ! Mais il y a bien longtemps. Mon cousin m'a fait passer par-dessus bord. Je crois que je n'ai jamais eu aussi peur de ma vie.

Howard ne fit pas écho à son rire.

— Ce genre d'expériences peut laisser des traces indélébiles chez un enfant, déclara-t-il soudain grave. Une terreur irraisonnée de la mer par exemple. Il en va de même avec le feu...

Il resta songeur un instant puis reprit :

— Il est vrai que ces éléments ont quelque chose d'effrayant : ce sont des forces capricieuses et imprévisibles, capables de tout anéantir...

— Quand vous voguez sur « L'Aigle des Mers », vous semblez vous en moquer éperdument.

— C'est ma façon de vivre, répondit-il brièvement.

— Je suppose que vous avez beaucoup de travail à Flambeau, continua Andrina après un temps.

— Enormément, en effet.

— Que faites-vous exactement ?

— J'exploite mon domaine. Je dois m'occuper des plantations, de la pêche, organiser le travail de mes employés, assurer les ventes, prévoir les investissements… et bien d'autres choses encore.

— Vous vivez seul ?

Il hocha silencieusement la tête.

— N'êtes-vous donc jamais tombé amoureux ? interrogea la jeune femme, sans parvenir à retenir la question qui lui brûlait les lèvres.

— Je ne crois pas beaucoup à l'amour. C'est un sentiment qui ne dure jamais bien longtemps.

Sa voix était froide et son regard dur.

— Je ne suis pas d'accord. Mon père et ma mère se sont aimés toute leur vie durant.

— Les avez-vous perdus ?

— Oui, depuis quelque temps.

— Est-ce la raison de votre venue à Flambeau ? s'enquit Howard d'un ton plus doux.

— Non, pas exactement. Ma tante m'a proposé de lui rendre visite. J'avais sérieusement besoin de me changer les idées, alors j'ai accepté.

Ils avaient atteint le rivage. Son compagnon disposa les rames à l'intérieur de la barque, sauta à terre et l'aida à descendre.

— Je vais vous accompagner.

— Ce n'est pas la peine, protesta la jeune femme. Vous n'avez qu'à m'indiquer le chemin à suivre…

— Et qui portera vos valises ?

Cet argument eut raison de ses réticences.

— Castaways se compose d'une série de petits bungalows éparpillés dans la forêt, expliqua-t-il comme ils marchaient sur un étroit sentier de sable fin. Le restaurant est dans la villa de votre tante.

Soudain, ils débouchèrent à l'orée d'une vaste clairière. Une allée pavée de pierres blanches conduisait à l'entrée de la propriété. La villa était entourée d'une terrasse ombragée, recouverte de tables en bois blanc. Un berger allemand, jappant et sautillant joyeusement, vint à leur rencontre.

— Viens ici, Ben, ordonna une voix frêle.

Andrina vit alors une vieille dame accourir dans leur direction. Elle reconnut aussitôt le visage souriant de la petite femme, vêtue d'une robe de cotonnade rouge vif, qui l'enveloppait jusqu'au bas des jambes.

— Drina ! Te voilà enfin !

La jeune femme s'approcha et déposa un baiser affectueux sur la joue de sa tante.

— Tante Isabelle ! Il y a une éternité que nous ne nous sommes pas vues !

— J'aurais dû t'inviter depuis longtemps à Castaways...

Elle parlait avec un fort accent américain. Ses yeux pâles et rieurs étaient surmontés d'épais sourcils blonds, et ses cheveux rassemblés en chignon au-dessus de sa tête. Elle contemplait sa nièce avec beaucoup d'attention.

— Tu ressembles à ta mère, conclut-elle au terme de son bref examen.

Puis, semblant se rappeler soudain la présence d'Howard Prentice, elle se détourna d'Andrina.

— Je suppose que notre canot est encore en panne, soupira-t-elle. Je vous remercie de m'avoir amené Andrina.

— C'est bien normal, répondit-il dans un sourire de politesse.

— Vous accepterez peut-être de dîner avec nous ce soir ? Nous n'avons pas beaucoup de clients cette semaine.

Andrina songea que cette invitation n'était que la contrepartie attendue du service rendu.

— Je vous suis très reconnaissante, monsieur Prentice, fit-elle avec chaleur. Sans vous, aurais-je été obligée de passer la nuit à Saint Georges...

— J'ai été ravi de vous conduire jusqu'ici.

Puis se tournant vers la maîtresse des lieux, il ajouta :

— Je vous remercie, madame Spiller, mais je préfère rentrer. Vous avez certainement mille choses à vous raconter toutes les deux. La présence d'un étranger ne ferait que vous importuner.

— Faites comme il vous plaira, répondit Isabelle sans paraître s'étonner de son refus.

— Eh bien, je vous laisse. Au revoir, madame Spiller. A bientôt, Miss Collington. Je vous souhaite un excellent séjour à Flambeau.

— Il ne pense pas un mot de ce qu'il dit, s'exclama Isabelle en le regardant s'éloigner. Howard Prentice est un véritable misanthrope. Tu t'en rendras compte assez vite. Il est bien rare qu'il nous rende visite. C'est un homme énigmatique...

— Un solitaire, n'est-ce pas ?

— Oui. Il travaille comme un forcené : il a totalement transformé Nettleton. Quand ils l'ont acheté, il y a cinq ans, cette partie de l'île était désertique...

— Ils ? questionna Andrina.

— Howard et son frère. J'aimais beaucoup Richard. Il se montrait toujours aimable et de bonne humeur. Au début, Howard n'habitait pas à Flambeau. Richard y vivait seul avec sa femme... Une écervelée comme je n'en avais jamais connu...

— Vit-elle toujours à Nettleton ?

— Non. Elle est morte au cours d'un séjour à New York. Depuis, Richard a quitté l'île... Mais nous perdons notre temps à parler de ces étrangers.

Nous avons des choses bien plus intéressantes à nous raconter !

Elle passa un bras autour de la taille de sa nièce et poursuivit :

— Howard vient rarement dans cette partie de l'île. Et quand cela lui arrive, l'atmosphère devient subitement orageuse. Je ne suis pas capable de gérer Castaways avec beaucoup d'efficacité. Je crois qu'il en conçoit un grand mépris à mon égard.

— J'ai l'impression que tu ne l'aimes pas beaucoup, glissa Andrina que les révélations de sa tante emplissaient d'un étrange désappointement.

— Ce n'est pas cela. Disons que j'éprouve bien plus de sympathie pour Gerald par exemple. Tu l'as rencontré, bien sûr. Que penses-tu de lui ?

Andrina marqua une légère hésitation.

— Il paraissait très ennuyé au sujet de ce canot. Je crois qu'il aurait préféré me conduire à Flambeau lui-même.

— C'est certain, approuva Isabelle. C'est un garçon charmant. Un séducteur aussi mais... il est très naïf au fond de lui. Je ne te cacherai pas que je l'adore.

— Je crois que la réciproque est vraie.

Un large sourire illumina le visage de la vieille dame.

— Après la mort d'Albert, il m'a véritablement tirée d'affaire. Il est devenu comme un fils pour moi. D'ailleurs, il ne me laisse jamais seule pour très longtemps. N'est-ce pas gentil de sa part ?

La jeune femme hocha silencieusement la tête. Sans doute avait-elle mal jugé le personnage de Gerald Fabian.

— Il m'a priée de te dire qu'il serait de retour demain sans faute.

— Il est vraiment très prévenant. Je me demande parfois ce que je ferais sans lui...

Elle conduisit sa nièce à l'intérieur de la maison.

— Je dois absolument faire réparer cette radio, continua-t-elle en ouvrant la porte du salon. Voilà bientôt une semaine qu'elle reste complètement muette.

C'était une habitation magnifique, avec de hauts plafonds décorés de corniches. Les pièces principales étaient dallées de carreaux d'argile, et percées de larges baies vitrées qui s'ouvraient sur un jardin d'où l'on pouvait apercevoir le bord de mer. D'immenses plants de vigne vierge grimpaient aux murs extérieurs, et se mêlaient harmonieusement aux touffes d'hibiscus d'un rouge éclatant, qui descendaient du toit.

— Bienvenue dans ma vieille demeure ! annonça Isabelle. Je veux que tu te sentes ici comme chez toi, ma chérie. J'aimerais d'ailleurs beaucoup que tu prolonges ton séjour à Flambeau. Ta mère et moi étions très proches. Nous nous entendions comme deux sœurs. Si tu le désires, tu peux même rester ici pour toujours. J'ai grand besoin d'une présence féminine, d'une amie à qui me confier parfois. Bien sûr, ce n'est pas une décision à prendre à la légère. Mais promets-moi d'y réfléchir ! Tu pourrais être très heureuse. Aussi heureuse que je l'ai été avant la mort d'Albert.

— J'en suis persuadée, tante Isabelle. Mais je n'ai jamais envisagé de m'installer ici...

— Eh bien, pourquoi ne pas y songer désormais ?

Les deux femmes dînèrent sur la terrasse. Pour le moment, l'hôtel ne comptait que six clients : le docteur Harvey et sa femme ; deux jeunes filles écossaises, et un couple de jeunes mariés. Ils étaient sans doute en voyage de noces, et restaient souvent assis l'un près de l'autre, la main dans la main, totalement indifférents à ce qui se passait autour d'eux.

Mme Spiller, qui avait passé pour le dîner un long kaftan de soie, fit le tour des tables et échangea quelques mots avec ses hôtes avant de leur souhaiter un bon appétit.

Elle regagna ensuite la table qu'elle partageait avec sa nièce. Les yeux du médecin la suivirent, tandis qu'elle s'asseyait sur une chaise de rotin.

— J'aimerais beaucoup faire quelque chose pour Mme Spiller, dit-il à l'adresse de son épouse.

— Cette jeune fille est sa nièce, je crois. Peut-être pourrais-tu essayer de lui parler...

— C'est une bonne idée. J'ai l'impression que c'est une personne sérieuse et...

— Et jolie! coupa sa femme d'un air amusé. Elle a l'air bien triste pourtant. Peut-être est-elle à Flambeau pour oublier quelque malheureuse histoire d'amour...

— Ton imagination finira par te jouer des tours, Elisa. Elle est venue passer un mois de vacances au soleil, c'est tout.

— Crois-tu que Mme Spiller soit sérieusement souffrante? demanda-t-elle d'une voix grave.

— Je ne saurais me prononcer de façon certaine, d'autant qu'elle n'a pas jugé nécessaire de faire appel à mes services. Mais je pense qu'elle abuse de ses forces. Elle doit approcher de la soixantaine, et le climat des Caraïbes est très éprouvant pour une femme de cet âge. Moi-même parfois, je suis obligé de me protéger du soleil...

— Henry! protesta-t-elle. C'est toi qui as choisi de venir ici!

Il lui prit délicatement la main.

— Je sais, Elisa. Et malgré la chaleur, je passe d'excellentes vacances.

Au cours du dîner, Andrina se sentit peu à peu gagnée par une douce béatitude. Après les fatigues et les émotions de cette longue journée, elle n'aurait pu rêver atmosphère plus calme et plus paisible. Quel plaisir de manger ainsi sous les étoiles, dans la délicieuse fraîcheur de la brise nocturne et le parfum suave des frangipaniers !

Elle avait fait rapidement connaissance avec les clients de sa tante. Ensemble, ils avaient pris le punch au bord de la piscine. Mais plusieurs fois, au milieu des conversations, le souvenir d'un homme aux yeux de braise avait distrait son attention...

Elle était assurée de revoir Gerald Fabian. Mais croiserait-elle un jour de nouveau, le chemin d'Howard Prentice ? Oserait-elle rompre la solitude dans laquelle il semblait se complaire ?

Avant de gagner sa chambre, la jeune femme fit une courte promenade jusqu'au rivage. Comme ces eaux paraissaient sombres et hostiles, sous la pâle lueur de la lune ! Derrière elle, se dressait la silhouette massive du volcan, frontière menaçante entre Castaways et Nettleton. Andrina frissonna à la pensée du gigantesque brasier qui frémissait dans les entrailles de la chaîne montagneuse.

Un jour peut-être, se risquerait-elle sur l'autre versant de l'île. Mais que lui arriverait-il alors ? Quel accueil lui réserverait l'être farouche et mystérieux qui régnait sur ces terres ?

Elle revint sur ses pas d'une démarche lente. Howard Prentice ! Pourquoi l'image de cet inconnu harcelait-elle ainsi son esprit ?

2

Le lendemain matin, le ronflement sonore d'un moteur vint rompre la paix de l'île. Un groupe de paysannes se précipita aux devants du canot pour aider à décharger les nombreuses marchandises. Elles portaient leurs lourds fardeaux sur la tête, se faufilant avec une grâce indicible au milieu de l'épaisse végétation qui séparait la petite crique de l'hôtel.

Andrina les observait avec intérêt depuis la fenêtre de sa chambre. Une jeune indigène venait de lui apporter son petit déjeuner, et elle dégustait avec délices un savoureux jus de fruits de la passion. La respiration apaisante et mesurée de l'île semblait déjà avoir pris possession de la jeune Londonienne. Ici, nul besoin de s'affairer, nul besoin de se soucier de la marche inéluctable du temps. Le ciel était d'un bleu d'azur, et seul le chant mélodieux des oiseaux parvenait à troubler quelque peu la quiétude de ce décor féerique.

Le jardin à lui seul constituait une véritable aquarelle. Les couleurs nuancées des hibiscus et des frangipaniers, la teinte mauve des orchidées et le rouge éclatant de la vigne vierge, composaient une palette aux mille reflets.

Andrina sortit de sa chambre et se dirigea tranquillement vers la piscine où étaient déjà réunis les clients de l'hôtel. Allongés sur dès transats, les yeux mi-clos, le docteur et son épouse semblaient goûter la sérénité de ce matin d'été. Les deux jeunes Ecossaises s'ébattaient joyeusement au milieu du grand bassin, tandis que le couple d'amoureux était absorbé dans une conversation passionnée.

Andrina avisa sa tante au fond de la terrasse ; elle était assise sur une chaise en rotin, dans un petit recoin ombragé par les branches basses d'un arbre au feuillage touffu. Elle portait un chapeau de paille, entouré d'un ruban de soie bleu assorti à la couleur de son kaftan.

— Viens t'asseoir près de moi, fit-elle en indiquant à sa nièce un vieux fauteuil canné. Nous avons tant de choses à nous dire !

Elle planta son aiguille dans son canevas inachevé et le posa sur ses genoux.

— C'est très joli, remarqua Andrina en s'emparant de l'ouvrage. Tu fais souvent de la tapisserie ?

— Tous les jours. C'est très relaxant. Et puis j'en vends des dizaines et des dizaines. Les touristes sont toujours très heureux d'emporter dans leurs bagages un souvenir de Flambeau. J'ai dû faire le portrait de Morgan et de Capitaine Flint une centaine de fois, expliqua-t-elle en montrant du doigt deux perroquets chatoyants perchés au-dessus d'elle.

Non loin de là, un troisième animal, au plumage uniformément gris, voletait sur les branches d'un frangipanier.

— Joey n'est pas assez coloré pour me servir de modèle, reprit la vieille dame. Et puis il ne peut rester une seconde en place. N'est-ce pas, Joey ?

L'oiseau émit un cri aigu, fixa Andrina d'un œil noir et partit en direction du bar en répétant :

— Où est Peter ? Il est en retard. Où est Peter ? Il est en retard...

Isabelle éclata d'un rire joyeux.

— Il adore Peter, fit-elle en reprenant son sérieux. Sans doute parce qu'il s'occupe du bar... A propos, Gerald a ramené le canot ce matin. Il a aussi acheté une pièce de rechange pour le récepteur de la radio. Nous devrions pouvoir rester en contact avec la civilisation pour les mois à venir.

Andrina scrutait les environs avec curiosité. Dans la vive clarté du jour, le délabrement de Castaways ne pouvait échapper à l'œil du visiteur. Des chaises trouées traînaient çà et là dans le jardin, et la peinture des tables était presque entièrement écaillée. Des plantes grimpantes envahissaient les murs de l'hôtel, comme si la nature s'efforçait de reprendre ses droits sur le paysage. Bientôt, de grands travaux devraient être entrepris pour éviter la ruine complète de l'établissement.

L'arrivée de Gerald Fabian mit un point final aux pensées de la jeune femme. Il portait sous le bras un panier de légumes frais. Avec ses longs cheveux ébouriffés, son jean retroussé jusqu'aux genoux et ses baskets pendues autour de son cou, il offrait l'image d'un véritable adolescent.

— Bonjour mesdames ! Comment allez-vous ?

Sans attendre la réponse, il déposa son cageot sur une chaise et s'assit en tailleur sur le carrelage de la véranda.

— Je suis désolé de ce qui est arrivé au canot. Et je regrette de ne pas avoir amené Andrina moi-même...

— Elle est arrivée à bon port tout de même, coupa Isabelle. Je pensais que vous resteriez quelques jours à Grenade.

— Pour quoi faire ? Alors que vous avez besoin de moi ici... A propos, j'ai acheté des caisses de vin et de whisky.

Il s'étira de toute la longueur de son corps svelte.

— Je suis content d'être de retour, conclut-il.

— Et moi je crois que vous devez être affamé. Je suis persuadée que vous n'avez presque rien mangé depuis votre départ.

— Vous avez raison, je vais demander à Francine de me préparer un petit repas. Mais, avant tout, je cours prendre un bain. Il n'existe rien de plus salissant qu'un moteur de bateau.

Comme Isabelle faisait mine de se lever, il la pria de rester assise et sauta sur ses deux pieds.

— Ne vous dérangez surtout pas ! Je suis tout à fait capable de me débrouiller seul.

Sur quoi il s'éloigna en sifflant gaiement.

— Je ne sais vraiment pas ce que je ferais sans lui, murmura la vieille dame. Il y a tellement longtemps qu'il travaille pour moi !

— Combien de temps ? interrogea Andrina en voyant le jeune homme prendre Francine par la taille et l'entraîner dans la cuisine. Il a l'air très... familier avec le personnel...

— C'est sa façon à lui de manifester son amitié. Ses gestes sont sans conséquence. Tout le monde l'adore ici. Peter donnerait sa vie pour lui. Joss aussi d'ailleurs. Ils le suivent partout.

— Joss s'est présenté à moi comme « le bras droit de M. Fabian », dit Andrina dans un sourire amusé. C'est rassurant de savoir que les membres de ton personnel s'entendent bien.

— Je ne pourrais pas me tirer d'affaire s'ils n'entretenaient entre eux de bonnes relations. Depuis quelques années, je souffre de rhumatismes. Je ne peux plus m'occuper de la cuisine. Heureusement ils sont tous compétents et dévoués. Albert et moi avons tout fait pour qu'il en soit ainsi. Leur travail est bien rémunéré et ils sont assurés d'un revenu régulier. S'ils ne travaillaient pas ici, ils passeraient leur temps à traîner sur les plages.

34

Toutes les îles de la région sont peuplées de jeunes gens plus ou moins désœuvrés. Le travail est rare par ici. Cependant, ils ne se laissent que très rarement aller à la mendicité. Ils trouvent toujours de menues babioles à vendre pour gagner quelques dollars.

Elle s'interrompit à la vue de Gerald. Il avait déjà mangé, et semblait satisfait de sa rapide collation. Il observait le ciel d'un regard inquiet.

— Je crains que nous ayons de la pluie avant ce soir. A propos, Prentice est-il venu jusqu'ici ?

— Quelques minutes seulement, répondit Isabelle. Le temps de déposer les bagages de Drina, c'est tout. Il n'a même pas accepté un verre. Il devient de plus en plus solitaire.

— C'est lui qui a offert à votre nièce de l'accompagner sur « L'Aigle des Mers ». Je ne le lui aurais demandé pour rien au monde...

— Il est difficile de rester totalement indépendant, Gerry. Si je n'avais pas eu de nouvelles avant la nuit, je me serais sans doute inquiétée. Si au moins cette maudite radio ne tombait pas si souvent en panne !

— Je vais m'en occuper, madame Spiller. Ne vous inquiétez pas.

— Si j'ai bien compris, intervint Andrina, l'île est divisée en deux propriétés, c'est bien cela ?

— En effet, opina Isabelle. De ce côté, nous avons les plus belles plages. La côte ouest est plus sauvage et son sol est couvert de sable noir. Il faudra que tu voies l'Anse des Deux Feux. C'est une bande de sable encastrée entre deux cratères. Un endroit splendide...

— Cela vaut sûrement une petite promenade, observa la jeune femme.

— Sans la permission de Prentice, je ne vous le conseille pas, glissa Gerald. Cette terre fait partie de Nettleton.

— Gerald, ne faites pas l'enfant ! s'exclama la maîtresse de Castaways. Howard n'encourage pas les visiteurs, je vous l'accorde. Mais il n'interdirait certainement pas à Andrina de se rendre à l'Anse des Deux Feux.

Elle reprit la tapisserie qu'elle avait déposée sur la table avant de poursuivre :

— Mais c'est une route difficile, ma chérie. Tu pourrais prendre la voiture. Tu sais conduire, n'est-ce pas ?

Andrina hocha silencieusement la tête.

— J'aurais préféré y aller à pied, fit-elle après un temps.

— A pied ? répéta Isabelle, horrifiée. Tu n'irais pas très loin avec cette chaleur. Non, mon enfant, il serait préférable que Gerald t'accompagne à ses moments perdus.

— J'en serais ravi, approuva le jeune homme. Je vous emmènerai aussi faire de la voile dans la baie.

Durant les deux jours qui suivirent, Andrina apprit à goûter une liberté jusqu'alors inconnue. Elle faisait de son mieux pour aider sa tante à s'acquitter de ses tâches ménagères, et passait la plus grande partie de l'après-midi sur la plage. Elle se lia d'amitié avec les deux Ecossaises, Alison et Rita, et fit la connaissance du docteur et de son épouse.

Le troisième jour, elle éprouva le besoin de s'éloigner un peu de Castaways.

— Je vais me promener, malgré les mises en garde de Gerald ! annonça-t-elle à sa tante après le petit déjeuner. Il n'a pas le temps de s'occuper de moi aujourd'hui.

— Prends un chapeau, conseilla Isabelle. Pourquoi refuses-tu la voiture ?

— La marche est le meilleur moyen de découvrir un paysage. Es-tu certaine de ne plus avoir besoin de moi ?

— Absolument certaine, répondit la vieille dame dans un soupir. Tu n'es pas venue ici pour travailler. C'est ta compagnie que je souhaitais.

— Et voilà que je me sauve !

— Pas trop loin, j'espère. Tu devrais emmener le chien avec toi. Il a besoin d'exercice... Hey, Ben ! lança-t-elle au berger allemand. Va donc faire un tour avec Andrina. Cela te fera le plus grand bien !

L'animal ouvrit paresseusement un œil.

— Allons, Ben ! s'écria la jeune femme. Un peu de courage !

Elle comprit très vite le bien fondé des avertissements de sa tante : le sentier qui conduisait au sommet de la montagne était abrupt et sinueux. Après une heure de marche sous un soleil de plomb, elle dut s'arrêter, à bout de souffle.

Après une courte pause, elle reprit courageusement son ascension. Bientôt, elle parvint à un croisement et s'engagea sans l'ombre d'une hésitation sur une petite route goudronnée qui obliquait vers la droite. Ben trottait péniblement à ses côtés.

Elle arriva quelques instants plus tard à proximité d'une immense plantation de bananiers. En bordure du terrain, se dressait un écriteau où l'on pouvait lire : « Nettleton ».

Andrina s'arrêta immédiatement. Oserait-elle pénétrer dans le domaine d'Howard Prentice ? Elle embrassa d'un regard circulaire le vaste panorama qui s'étendait à ses pieds. D'un côté, Castaways, avec sa végétation luxuriante et ses plages de sable blond ; de l'autre côté, Nettleton et ses immenses champs cultivés, ceinturés de petites criques au tapis de terre noirâtre.

Quel contraste saisissant ! Une éruption volcanique avait métamorphosé le paysage de l'île, conférant ainsi au site un caractère absolument unique. Le souffle coupé, la jeune femme considéra sans bouger les deux versants du volcan.

Les aboiements de Ben mirent fin à sa contemplation silencieuse. Soudain, de derrière un buisson, elle vit surgir un âne au cou duquel se cramponnait un petit garçon : il semblait avoir perdu le contrôle de sa monture. Brusquement, ce fut la chute. L'animal cessa tout à coup de galoper et planta ses deux pattes antérieures dans la terre molle. L'enfant se trouva projeté dans les airs et vint rouler à quelques pas d'Andrina.

Quand elle s'approcha du petit corps allongé au travers du sentier, elle craignait le pire. L'enfant ne bougeait plus. Mais, tout à coup, il se redressa, et, ivre de rage, se tourna vers l'animal.

— Maudite mule ! cria-t-il. Quelle mouche t'a donc piquée ? J'aurais pu me tuer. Allez, maintenant avance !

Il tira sur les rênes, mais l'âne se refusa à faire un pas. Andrina, maintenant détendue, considérait avec amusement le spectacle qui s'offrait à ses yeux. Le petit garçon dut deviner une présence étrangère car il fit brusquement volte-face.

— Qui êtes-vous ? questionna-t-il d'un ton hostile. Vous venez de Castaways ?

Il était petit et mince, son visage allongé était encadré de longues boucles d'or. Ses yeux bleus rappelèrent immédiatement à la jeune femme le regard d'Howard Prentice.

Comme elle ne répondait pas, il reprit avec fureur :

— Pourrais-je savoir pourquoi vous vous moquez de moi ? Pourquoi riez-vous ainsi ?

— Je ne me moque pas de toi. Mais après le vol plané que tu viens de faire, je dois avouer que je suis soulagée de te voir en pleine forme...

— Je ne me suis pas fait mal... Etes-vous venue à pied depuis l'hôtel ?

— Oui. J'ai pris le temps d'admirer le paysage et d'écouter le chant des oiseaux...

— Ils sont tous à moi, fit l'enfant avec fierté. Quelques-uns viennent de très loin.

Andrina n'éprouva pas le besoin de lui demander s'il habitait Nettleton. Son regard en disait assez long : ce devait être le fils d'Howard Prentice.

— Comment t'appelles-tu ?

— Salty.

« Il doit avoir environ six ans », songea-t-elle. Elle se prit à envier son éducation, sa vie proche de la nature et sans doute dénuée de toute contrainte. Son comportement et sa façon de parler étaient néanmoins irréprochables.

— Je suis heureuse de t'avoir rencontré, Salty, fit-elle en lui tendant la main. T'arrive-t-il de venir à Castaways ?

Il répondit à son salut tout en secouant négativement la tête.

— Non jamais. Il y a beaucoup de travail ici. Je vais parfois au village, ou à la pêche. J'ai aussi un voilier, vous savez...

— Et un âne, glissa Andrina.

— Oh, ma mule ! Elle m'embête... Bientôt, j'aurai un cheval !

Il tourna sur ses talons et marcha en direction de l'animal.

— Il faut que je lui donne une leçon, expliqua-t-il. Je vais la faire galoper sur la plage à toute allure. Et si elle s'arrête encore une fois, elle aura affaire à moi !

— Un peu de discipline n'a jamais fait de mal à personne, approuva la jeune femme avec amusement. Eh bien, au revoir Salty. Je vais rentrer maintenant.

— Est-ce que vous reviendrez ?

Andrina marqua une légère hésitation.

— C'est possible. Je ne suis pas une simple touriste, je suis venue aider ma tante à l'hôtel.

Salty enfourcha sa monture, et, en enfonçant ses talons dans les flancs de l'animal, il lui cria :

— Regardez comme je monte ma mule ! Regardez ! Allez, hue !

Elle vit partir l'enfant avec attendrissement. Vivait-il seul avec son père ? La présence de sa mère devait lui manquer cruellement dans une île aussi retirée du monde...

Tout à coup, à quelques mètres d'elle, la longue silhouette d'Howard Prentice se dessina au sommet d'une crête.

— Je suis désolée d'être ainsi entrée dans votre propriété, fit-elle précipitamment. Mais j'ai aperçu Salty et je suis venue lui dire bonjour. Il semblait avoir quelques problèmes avec son âne...

Comme il restait muet, elle reprit :

— Votre fils vous ressemble énormément, monsieur Prentice.

— Mon fils ? répéta-t-il dans un éclat de rire. Mais Salty est une fille !

Elle le regarda, incrédule.

— Une fille ? Mais...

— Elle monte à cheval, elle nage et elle navigue comme un garçon. Un jour, elle devra aller à l'école. Je redoute cet instant. Elle mène une existence tellement libre ici...

Andrina n'était pas encore remise de sa surprise. Elle le considérait, bouché bée.

— Eh bien, reprit Howard d'une voix aimable. Puisque vous êtes venue jusqu'ici, je serais ravi de vous faire visiter le reste de la propriété.

La jeune femme ne savait si elle devait accepter sa proposition.

— Il y a longtemps que j'ai quitté l'hôtel. J'ai peur que ma tante ne s'inquiète à mon sujet si je ne suis pas rentrée à l'heure du déjeuner. Je me suis éloignée sans prendre garde…

— Je vous indiquerai un raccourci à l'intérieur de la propriété. En attendant, je suis sûr que vous mourez de soif.

— J'avoue qu'avec cette chaleur, un rafraîchissement serait le bienvenu.

Ils traversèrent la plantation de bananiers, s'arrêtant çà et là pour admirer les arbustes particulièrement fournis.

— Il faut à tout prix les protéger, expliqua le maître des lieux en soulevant une bâche de plastique. Sinon, elles sont invendables. Pour un fruit légèrement abîmé, les grossistes refusent le régime entier. Une fois par semaine, un bateau vient embarquer le chargement. On coupe les bananes, on les lave et on les entasse dans des caisses. C'est un travail très intéressant à observer. Personne ne reste inactif de ce côté de l'île. Et l'on tire le plus grand profit de la terre.

Faisait-il encore allusion au mode de vie plus paisible de Castaways ?

— Tout le monde ne peut être obsédé par cette idée de profit, fit-elle observer d'un ton légèrement irrité.

— Vous avez raison. Pourtant, quand on a la chance de posséder une bonne terre, on la cultive.

Ses traits s'étaient durcis imperceptiblement.

— Je n'aime pas voir une propriété laissée à l'abandon, poursuivit-il.

Ils approchaient lentement d'une vaste demeure de style colonial. Andrina ne put réprimer un cri d'admiration à la vue du jardin qui entourait l'habitation.

— Est-ce vous qui avez planté toutes ces fleurs ? C'est un véritable paradis pour un botaniste !

— Les fleurs ne m'intéressent pas outre mesure. Je préfère m'occuper de mes plantations et de mes vergers. Ce jardin a été aménagé par la femme de l'ancien propriétaire. Ma belle-sœur y a travaillé pendant quelques années. Et puis elle est partie...

— Elle est morte, n'est-ce pas ?

— Oui...

Un long silence les enveloppa.

— Entrons par la véranda, fit-il soudain, comme s'il se réveillait d'un mauvais rêve.

— Je ne voudrais pas vous déranger, objecta Andrina. Il se fait tard, je devrais rentrer...

— Ne vous inquiétez pas. Je vous montrerai le raccourci dont je vous ai parlé. Que diriez-vous d'un jus de fruits ou d'une Pina Colada ?

— Je crois qu'une Pina Colada s'impose.

Il l'entraîna à l'intérieur de la maison et elle découvrit avec ravissement un luxueux salon où de nombreuses chaises en bois satiné étaient disposées en arc de cercle autour d'une table basse en marbre blanc. La villa était admirablement bien entretenue.

— Vous devez penser que c'est une manière bien étrange d'élever un enfant, fit Howard en marchant vers le bar.

— Dans un sens, admit la jeune femme à contre-cœur. L'école représentera sans doute une terrible épreuve pour Salty. Elle est si différente des autres petites filles de son âge... A propos, quel est son véritable prénom ? Je suppose que Salty est un diminutif...

Le visage de son interlocuteur s'éclaira d'un large sourire.

— Elle s'appelle Sally. Quand elle a commencé à parler, elle a transformé ce nom en Salty. Dieu sait pourquoi... Depuis, ce prénom lui est resté.

— Cela ne la dérange pas ? On se débarrasse si difficilement de ce genre de sobriquets... Est-ce que sa... sa mère l'appelait ainsi ?

— Sa mère s'en moquait éperdument, répondit-il brièvement.

Andrina se dirigea à pas lents vers la fenêtre entrouverte.

— Un enfant vivant sans sa mère doit être terriblement désavantagé, murmura-t-elle d'une voix enrouée. Je suis désolée pour Salty...

— C'est bien inutile, coupa-t-il sèchement. Elle a tout ce dont une petite fille peut rêver... Maintenant, si vous êtes prête, je vais vous conduire au chemin qui mène à Castaways.

La jeune femme vida son verre et le reposa sur le bar. Ils sortirent de la villa en silence.

— Je vous fais perdre votre temps, remarqua-t-elle en descendant les marches de la véranda.

Il n'essaya pas de la contredire. D'une démarche rapide, il l'entraîna à travers ses terres. Elle le suivait sans mot dire, ne cessant d'admirer le travail effectué sur toute la propriété. Des bananiers et des muscadiers recouvraient chaque parcelle de terrain.

— Nous avons une usine de séchage, expliqua-t-il après un temps. Si cela vous intéresse, Parson pourra vous y conduire un jour. A condition bien sûr que vous aimiez la marche. L'atelier n'est pas situé tout près de l'hôtel.

Comme s'il s'agissait d'une corvée, il reléguait à l'un de ses employés une tâche qu'il aurait pu fort bien accomplir lui-même. Mais Andrina ne pouvait attendre de lui un traitement de faveur.

— J'adore les promenades, répondit-elle. Je viens de passer une matinée formidable.

Howard ne l'invita pas à renouveler sa visite. Il lui tendit silencieusement la main. Le contact de sa peau fit naître chez la jeune femme un trouble étrange.

— Merci beaucoup pour votre accueil et... pour la boisson. Au revoir !

Elle s'éloigna en toute hâte, sans prendre la peine de se retourner pour le saluer une dernière fois. Immobile, il observa son départ, le regard fixe, comme habité de pensées confuses. Apparemment heureux de rentrer, Ben trottait aux côtés d'Andrina d'un pas plus alerte.

Soudain, elle découvrit qu'elle était suivie depuis son départ de Nettleton. Elle percevait de plus en plus distinctement un bruit régulier de sabots sur le sol. Elle marqua une pause, et, peu après, vit apparaître le petit âne et sa cavalière.

— Bonjour ! fit Salty comme si elles s'étaient séparées quelques jours plus tôt. Je me demandais si je vous reverrais un jour...

— Eh bien, me voici ! répondit Andrina dans un tendre sourire. Je viens de Nettleton...

— Je sais. Etes-vous entrée dans la maison ?

— Oui, j'ai pris un verre dans le salon.

— Vous avez vu les oiseaux ? continua Salty.

— Non, mais je les ai entendus !

— Mon père les a rapportés des quatre coins du monde. Il voulait sans doute m'apprendre à les connaître...

La jeune femme s'approcha de l'enfant.

— Tu en as de la chance d'avoir une si belle volière. Quand tu seras grande, tu pourras toi-même y ajouter d'autres oiseaux.

— Mme Spiller a des perroquets. Est-ce que je pourrais venir les voir ? demanda la petite fille d'une voix plus timide.

— Nous serions ravis que tu nous rendes visite. Joey apprendra très vite ton nom. C'est sa spécialité...

— J'aimerais surtout nager dans votre crique. De ce côté, le sable est tout noir. Je n'aime pas ça du tout. On dirait qu'il est sale... Pourtant, il est très propre, vous savez, c'est le volcan qui le noircit.

Elle avait prononcé la dernière phrase dans un murmure, comme si la montagne l'effrayait. Andrina s'empressa de la rassurer :

— Je suis certaine que tu serais la bienvenue à Castaways, dit-elle pour changer le fil de la conversation. Pourquoi ne viendrais-tu pas un après-midi ?

Salty marqua une légère hésitation.

— Il faudra que je demande la permission. Pourtant, j'ai déjà six ans, vous savez. Est-ce que vous demandez toujours la permission pour faire quelque chose ?

— Plus maintenant. Mais, quand j'avais ton âge, il le fallait bien.

Elle eut un sourire complice et reprit :

— Je suis persuadée que tu auras l'autorisation de venir.

Salty laissa échapper un profond soupir.

— Je l'espère, fit-elle après un temps. Je viendrai un matin, quand le soleil n'est pas trop haut dans le ciel.

Sur quoi elle fit pivoter sa mule et reprit le chemin de Nettleton. Andrina siffla aussitôt le berger allemand. Il avait profité de sa brève conversation avec la petite fille pour se reposer dans un coin frais et ombragé. Heureux de sentir que la promenade touchait à sa fin, il devançait maintenant la jeune femme de quelques dizaines de mètres.

Gerald Fabian vint à leur rencontre d'un pas énergique.

— Où étiez-vous donc passée ? lança-t-il en guise de salut.

— Je me suis promenée...

— Je sais. Mais vous avez dû aller bien loin pour vous absenter si longtemps !

— Je suis allée de l'autre côté de l'île...

— Vous voulez dire à l'Anse des Deux Feux ? Et vous n'avez rencontré personne sur votre chemin ?

— Howard Prentice et Salty. Une drôle de petite fille !

— C'est une enfant gâtée. Je suppose que vous ne vous êtes pas aventurée jusqu'à la villa...

La jeune femme, que cette avalanche de questions agaçait, répondit d'un ton provocateur :

— Howard m'a invitée à prendre un verre. Il s'est montré très aimable avec moi. Je crois que vous faites erreur à son sujet, Gerald. Ce n'est pas un monstre. Il m'apparaît plutôt comme un travailleur acharné. Sa propriété est une merveille. Il m'a même conviée à visiter l'atelier où l'on sèche les bananes. Vous voyez qu'il n'est pas si farouche...

— Il semble en tout cas vous avoir fait grande impression, remarqua Gerald dans un sourire pincé. Mais si j'étais vous, je me méfierais de lui. Je me suis laissé dire qu'il avait une fâcheuse réputation auprès des femmes. Il en aurait séduit plus d'une...

— Je ne vois pas en quoi cela me concerne. Je ne pense pas correspondre à son idéal féminin.

Il éclata d'un rire sonore.

— Vous vous sous-estimez, Drina, fit-il en glissant un bras autour de sa taille. Je suis certain que vous ne pouvez laisser aucun homme indifférent... Je suis content que vous soyez venue à Flambeau. Nous pourrions être bons amis, qu'en pensez-vous ? Ou peut-être plus ? Votre tante a besoin de vous. Elle souhaite que vous restiez à ses côtés.

Andrina essaya de se libérer de son étreinte.

— Je n'ai pas encore décidé de mon avenir, il faut que...

Soudain, il se pencha pour essayer de l'embrasser,

mais elle détourna la tête et parvint à éviter le contact de ses lèvres.

— Drina, murmura-t-il à son oreille. Vous êtes la femme la plus séduisante qui soit venue sur notre île depuis fort longtemps. Nous pourrions faire tant de choses ensemble ! Et votre tante serait si heureuse !... Elle pourrait enfin prendre un peu de repos. Depuis la mort d'Albert, elle s'inquiète beaucoup du sort de Castaways, d'autant que récemment...

— Que s'est-il passé ? interrogea la jeune femme d'une voix tendue.

— Rien de très inquiétant. Je crois qu'elle est très fatiguée. Elle a beaucoup changé ces dernières années.

Elle plongea un regard inquiet dans celui de son interlocuteur.

— Gerry, essayez-vous de me dire qu'elle est malade... sérieusement malade ?

Il secoua énergiquement la tête.

— Non, rien de tel. Je pense qu'elle est simplement à bout de forces. Elle doit avoir une soixantaine d'années, maintenant...

— J'ignore son âge exact. Mais elle ne m'a rien dit...

— Elle ne se plaint jamais. Pourtant, quand elle a décidé de vous faire venir, elle ne cessait de répéter qu'elle avait besoin de se sentir entourée.

Andrina exhala un profond soupir. Les paroles de Gerald l'alarmaient au plus haut point. Elle s'approcha de l'hôtel d'une démarche hésitante. Elle aperçut immédiatement sa tante assise sur la terrasse, sa tapisserie entre les mains.

Isabelle leva les yeux à la vue de sa nièce.

— Gerald s'inquiétait à ton sujet. Es-tu montée tout en haut de la montagne ?

— Non, j'attendrai d'être un peu plus entraînée pour m'aventurer si loin.

Elle s'empara de l'ouvrage de sa tante.

— Mais tu n'as pas avancé depuis mon départ !

— J'ai fait une petite sieste, confessa la vieille dame. J'ai dû m'assoupir quand Gerald est parti à ta recherche. Où es-tu allée ?

— A l'Anse des Deux Feux, déclara la jeune femme avec un accent de fierté.

— Et à Nettleton, intervint Gerald. Elle a osé pénétrer dans les terres de Prentice.

Isabelle sourit avant de reprendre :

— Es-tu entrée dans la villa ?

Andrina hocha silencieusement la tête.

— A quoi ressemble-t-elle ? demanda sa tante avec curiosité. Est-ce la demeure d'un célibataire endurci ?

— Non, pas vraiment. L'intérieur est entretenu avec soin et décoré de superbes bouquets composés. Mais l'atmosphère m'a tout de même paru un peu froide...

— Ce n'est certes pas le lieu idéal pour élever un enfant. Et surtout pas une petite fille !

— La première fois que j'ai vu Salty, je l'ai prise pour un garçon, expliqua Andrina. Elle montait sa mule avec une telle témérité...

— C'est bien ce que je veux dire. Elle vit sans contrainte et passe le plus clair de son temps à courir la montagne. Autrefois, quand je partais pour de longues promenades, il m'arrivait souvent de la croiser au détour d'un chemin. Mais jamais elle ne m'adressait la parole. Une véritable sauvageonne !

— Elle m'a dit aujourd'hui qu'elle aimerait venir à Castaways. Elle voudrait nager dans la crique. Le sable noir de Nettleton semble l'effrayer.

— Elle se conduit pourtant comme si elle n'avait peur de rien ! Une gamine qui doit avoir à peine six ans ! A propos, Howard a-t-il l'intention de l'envoyer à l'école un jour ou l'autre ? Jusqu'à présent, personne ne s'est préoccupé de son instruction.

Andrina eut un haussement d'épaules.

— Je ne crois pas que quiconque soit en mesure de lui faire comprendre qu'il l'élève dans de mauvaises conditions. Et puis Salty a l'air très satisfaite de son existence...

— Qui ne le serait pas ? Il est sans doute plus amusant de vagabonder à travers champs toute la journée que d'aller à l'école ! Si elle vivait en Angleterre, il y a bien longtemps qu'elle serait inscrite au collège !

— Elle a peut-être une gouvernante, suggéra Andrina.

— As-tu aperçu quelqu'un susceptible de jouer ce rôle ?

La jeune femme marqua une légère hésitation.

— Non, admit-elle après un temps. Mais il y a certainement une présence féminine dans cette grande maison...

— Une femme de pêcheur monte chaque jour du village, expliqua Isabelle. Elle s'occupe de la cuisine et du ménage.

Cette conversation en forme de procès commençait à ennuyer Andrina. Howard Prentice semblait susciter une réelle antipathie chez ses voisins. Quoi d'étonnant à ce qu'il se cantonnât ainsi dans sa solitude farouche ? Elle mit à profit la dernière remarque de sa tante pour faire dévier la conversation.

— Il y a donc un village ? Pourrais-je le visiter ?

Gerald, qui n'avait pas soufflé mot de tout l'entretien, s'empressa d'intervenir :

— Je vous y conduirai en voiture. Il est à plusieurs kilomètres d'ici.

Quelque chose dans son attitude trahissait sa

réprobation : il paraissait condamner sa visite à Nettleton. Mais de quel droit ? s'interrogea intérieurement la jeune femme. Certes, c'était un charmant compagnon, qui faisait preuve de beaucoup d'humour et de gentillesse. Pourtant, rien ne l'autorisait à porter un jugement sur ses faits et gestes.

En dépit de ses réflexions, Andrina accepta de déjeuner en compagnie du jeune intendant.

— Que diriez-vous de melons et de poissons volants ? proposa-t-il en lui tendant le menu.

— Je suis d'accord pour l'entrée. Mais je n'ai jamais mangé de semblables poissons...

— C'est une des spécialités de Castaways. Vous verrez, Luella les prépare à merveille. Tout le monde apprécie ses talents culinaires. Votre tante aussi est une excellente cuisinière...

— Vous la connaissez depuis longtemps ?

— Humm... environ six ans.

— Vous n'ignorez pas qu'elle vous aime beaucoup, fit Andrina en portant son verre de punch à ses lèvres.

La satisfaction se peignit sur le visage de Gerald.

— Je lui porte moi aussi une vive affection, avoua-t-il sur le ton de la confidence.

— Pensez-vous que je doive consulter le docteur Harvey à son sujet ?

Il parut hésiter.

— Je crains qu'il n'y ait pas grand-chose de très précis à lui dire.

— Je me demande parfois si elle a l'intention de terminer ses jours à Castaways, murmura la jeune femme en se parlant à elle-même.

— Si vous décidez de rester, je suis persuadé qu'elle ne quittera pas Flambeau.

— Comment pouvez-vous en être aussi sûr ? Elle me connaît encore très mal...

— Les liens familiaux revêtent pour elle une très grande importance.

— Vous devez avoir raison.

Il la scruta intensément.

— Pourquoi ce prénom : « Andrina » ? Ce n'est pas très courant.

— Mon grand-père s'appelait Andrew. A ma naissance, il a tenu à me voir porter le curieux nom d'Andrina.

— Vous êtes fille unique ?

— Oui. Si j'avais eu un frère, on l'aurait sans doute baptisé Andrew lui aussi. Pour être franche, je n'aime guère ce prénom.

L'arrivée du serveur interrompit leur conversation.

— Nous prendrons des melons et des poissons volants, déclara Gerald sans consulter sa compagne.

Quand le garçon eut noté leur commande, la jeune femme fixa son interlocuteur.

— Où est tante Isabelle ? questionna-t-elle d'une voix teintée d'inquiétude.

— Elle dîne dans sa chambre.

Andrina remua nerveusement sur son siège.

— Je devrais peut-être monter ?

— Ne vous tracassez pas à son sujet, dit Gerald d'un ton qu'il voulait rassurant. Cela lui arrive souvent : elle a besoin d'un peu de calme, c'est tout.

Comprenant qu'il valait mieux la distraire de ses sombres pensées, il changea de sujet :

— Etes-vous déjà montée dans un bateau à fond vitré ?

— Non. Je ne savais même pas que cela existait.

— Il faudra réparer cette lacune. Vous verrez, c'est très amusant de découvrir la vie des profondeurs. Les poissons évoluent dans un monde entièrement libre. C'est une vision merveilleuse.

— Vous semblez beaucoup aimer votre vie à Castaways, observa Andrina.

— En effet. Qui ne serait heureux dans un tel paradis ?

— La solitude ne se fait pas ressentir parfois ?

— Pas plus qu'ailleurs… Je suis persuadé que l'on peut se retrouver aussi seul à Londres qu'à Flambeau.

— Peut-être, répondit-elle d'un air songeur. A vrai dire, c'est un peu la raison de ma présence ici.

— Vous semblez bien triste tout à coup. Auriez-vous quelque mauvais souvenir en tête ? N'hésitez pas à vous confier à moi, Andrina. Je suis votre ami.

— Oh, mon histoire est banale, soupira-t-elle. J'aimais un homme et cet homme en a épousé une autre. Une femme très belle, et surtout, très fortunée. Pendant longtemps, j'ai éprouvé un atroce chagrin. Mais je crois que je commence à reprendre le dessus.

Il posa une main affectueuse sur le bras de sa compagne.

— Je l'espère de tout mon cœur. Votre séjour à Flambeau vous aidera à surmonter votre déception. Ici, le temps a une autre consistance : les soucis ne comptent pas, on apprend à se laisser vivre. Dans…

— En d'autres termes, on cesse de penser, fit Andrina dans un pâle sourire.

— Non, ce n'est pas cela. Disons plutôt que l'on apprend à accepter les choses comme elles sont, sans se préoccuper du reste.

Le serveur apporta un plat garni de poissons. Pendant qu'il disposait de nouvelles assiettes sur la table, Andrina se surprit à penser à Howard Prentice. Contrairement à Gerald, cet homme ne subissait pas son destin. Il menait l'existence qu'il avait choisi de vivre. Par son labeur, il avait transformé une contrée sauvage en un domaine fertile et rentable. Quelle force mystérieuse le poussait à agir ainsi ?

— Votre philosophie de la vie me paraît attirante, fit-elle distraitement. Nous en reparlerons un jour peut-être... A propos, que faites-vous cet après-midi ?

— Je vous emmène voir les bancs de corail. Vous n'aurez qu'à enfiler votre maillot de bain. Et n'oubliez pas votre chapeau : quand vous serez allongée au fond du bateau, le nez collé à la vitre, les rayons du soleil chaufferont dur...

Après le repas, Andrina monta dans sa chambre en toute hâte pour se changer. Quand elle descendit dans le jardin, elle trouva Gerald en compagnie des deux jeunes Ecossaises. Elles le suppliaient de les cmmener avec lui. Il accepta de mauvaise grâce : sans doute avait-il envisagé de passer le reste de la journée en tête à tête avec Andrina...

Chacune à leur tour, les trois jeunes femmes prirent place au fond de la barque. Le paysage sous-marin leur arracha des cris d'admiration. Une multitude de poissons de toutes espèces peuplait le fond de l'océan. Ils évoluaient paisiblement, parmi les bancs de corail, dans une eau limpide parsemée de dentelles d'algues brunes. Des récifs aux formes étranges creusaient çà et là d'impressionnantes cavernes.

Le soleil déclinait lentement à l'horizon lorsque Gerald remit le cap vers la côte.

— Il est temps de rentrer, expliqua-t-il. Le vent commence à se lever.

Ils firent glisser la barque sur le sable fin de la plage et l'abandonnèrent sous un grand palmier.

— C'était merveilleux ! s'exclama l'une des deux Ecossaises sur le chemin de l'hôtel.

Quand ils atteignirent Castaways, ils surent immédiatement qu'un événement tragique venait de se produire. Andrina, le cœur battant, se mit à courir sur les dalles de pierre en apercevant le docteur Harvey qui descendait sur les marches du perron.

— Que s'est-il passé ? interrogea-t-elle d'une voix étranglée. Ma tante…

Il la prit par le bras et la conduisit au bord de la piscine.

— Rien de grave, rassurez-vous. Il n'y a rien à craindre pour cette fois.

— Que voulez-vous dire ?

— Votre tante a eu un évanouissement. Elle bavardait avec ma femme en plein soleil quand elle s'est brusquement effondrée. Ce n'est pas très sérieux, mais je tenais à vous en parler. A mon avis, elle devrait consulter un spécialiste.

Andrina sentit sa poitrine se serrer comme dans un étau.

— Pourquoi ?

— Elle a de légers problèmes cardiaques. Je suppose qu'elle le sait depuis fort longtemps. Mais elle n'a jamais pris la peine de demander conseil à un médecin. Et puis, elle n'avait personne à qui se confier.

— Je suis là, maintenant, répondit la jeune femme. Est-elle dans sa chambre ?

— Oui, elle se repose. Peut-être vous ai-je alarmée outre mesure, mais étant donné son âge, il vaut mieux prendre certaines précautions.

Andrina se dirigea en hâte vers l'appartement de sa tante. Avant même d'ouvrir la porte de la chambre, elle perçut les protestations d'Isabelle.

— Mais enfin, tout cela est ridicule ! Je n'ai jamais été malade de ma vie ! C'est une simple insolation…

Andrina pénétra dans la pièce. Elisa Harvey était au chevet de sa tante. La jeune femme fut frappée par le teint blême d'Isabelle.

— Il faut que tu leur dises de ne pas s'inquiéter ainsi! s'écria-t-elle à la vue de sa nièce. Je me sens parfaitement bien... et je serai parfaitement remise dès que j'aurai avalé une bonne tasse de thé!

Le docteur Harvey avait suivi Andrina dans la pièce. Il s'approcha du lit et prit le pouls de sa patiente.

— C'est vrai. Votre état s'est amélioré. Mais vous irez encore mieux si vous cessez de vous agiter. Je ne vous ai rien caché sur votre état de santé. Vous m'avez promis d'y réfléchir. Quelles sont vos conclusions?

— Il veut que je prenne un rendez-vous chez un spécialiste, expliqua Isabelle à sa nièce. Cela signifie que je dois aller jusqu'à la Barbade...

— J'irai avec toi, proposa spontanément la jeune femme.

La vieille dame secoua énergiquement la tête.

— Qui s'occupera de l'hôtel? Je serai plus rassurée en te sachant ici.

— Gerald restera à Castaways...

Le visage d'Isabelle se rembrunit.

— Tu connais l'affection que je lui porte, et toute la reconnaissance que j'éprouve à son égard. Pourtant...

— Pourtant? encouragea Andrina.

— Eh bien, disons qu'il manque de... décision. Il serait parfaitement heureux s'il trouvait un jour une femme énergique et résolue...

— Ne te fais aucun souci pour lui, coupa la jeune femme d'une voix douce. Pour le moment, l'essentiel est de te conduire à la Barbade.

— Je me charge de prendre le rendez-vous, intervint le docteur Harvey. J'espère que vous n'aurez pas à patienter très longtemps. En attendant, je vous recommande le repos. Et n'ayez crainte, tout s'arrangera très vite.

« Demain matin, l'hôtel sera désert », songea
Andrina. Le docteur et son épouse, les deux Ecossaises et le couple d'amoureux avaient achevé leurs
vacances. D'autres clients ne tarderaient pas à
arriver. Il était bien trop tard pour annuler les
réservations.

Le destin lui dictait sa conduite : sa présence à
Flambeau se révélait désormais indispensable.

— Ne t'inquiète pas au sujet de l'hôtel, fit-elle à
l'adresse de sa tante. Je saurai m'en occuper.

3

Le lendemain matin, Gerald approcha la vedette de la plage et l'amarra à la petite jetée dont les lourds piliers faits de rondins en bois dur s'enfonçaient solidement dans le sable. De nombreux bagages étaient déjà alignés sur les lattes disjointes.

Un à un, les passagers prirent congé d'Andrina et s'installèrent sur le pont de l'embarcation. Le docteur Harvey était monté rendre une dernière visite à Mme Spiller qui l'avait remercié de ses soins assidus.

— Elle va beaucoup mieux, assura-t-il à la jeune femme qui observait d'un œil ému l'embarquement des passagers. Surveillez-la un peu. Je lui ai interdit de quitter la chambre avant deux jours. Et surtout, empêchez-la de s'exposer au soleil. Dans une semaine, elle sera parfaitement rétablie.

Andrina regarda le canot disparaître à l'horizon avant de regagner l'hôtel d'un pas décidé. La matinée fut très active. Avec l'aide de Luella, elle entreprit de refaire toutes les chambres des bungalows et de rendre la villa aussi accueillante que possible pour les prochains visiteurs.

Comme elle disposait des draps frais sur les lits, elle entendait la voix mélodieuse de Luella qui fredonnait des airs du folklore antillais. Joss, occupé à mettre de l'ordre dans les cuisines, sifflait gaiement tout en astiquant le carrelage de dalles rouges.

Après le déjeuner, la jeune femme décida de descendre à la mer. Elle rendit une visite discrète à sa tante, qu'elle trouva profondément endormie dans son lit. Refermant silencieusement la porte, elle courut prendre ses affaires de plage, et quitta l'hôtel sans plus attendre.

Arrivée dans la petite crique, elle ôta ses sandales et marcha pieds nus sur le sable fin. Après une longue déambulation, elle avisa un coin ombragé encastré entre deux rochers, et s'y étendit mollement. L'harmonie et la paix du paysage lui procuraient une détente infinie. Elle songea qu'une baignade lui ferait le plus grand bien.

Elle pénétra lentement dans l'eau puis commença à nager vers le large. La fraîcheur de l'océan était si délicieuse qu'elle se laissa porter par les vagues, sans prendre conscience de la distance grandissante qui la séparait de la côte.

Soudain, le cri strident d'un oiseau la ramena à la réalité. Horrifiée, elle mesura alors toute l'étendue de son imprudence. La plage était maintenant si éloignée qu'elle ne pouvait plus discerner l'endroit où elle avait laissé ses affaires.

Brassant l'eau avec une énergie insoupçonnée, elle se dirigea hâtivement vers le rivage. Ce fut avec soulagement qu'elle sentit enfin le sol sous ses pieds. A bout de souffle, elle se laissa tomber sur le sable en fouillant les alentours d'un regard inquiet.

Brusquement, elle vit une ombre se dessiner derrière un buisson. Elle reconnut immédiatement l'homme qui venait à sa rencontre, son sac de plage à la main.

L'apparition inattendue d'Howard Prentice la plongea dans un trouble profond, et elle eut soudain envie de fuir, pour lutter contre l'attrait irrésistible qu'il exerçait sur sa personne.

Il portait un pantalon de toile claire et une fine chemise de soie ouverte sur sa poitrine. Ses lèvres s'étiraient en un sourire énigmatique.

— Me serais-je encore aventurée sur vos terres? bredouilla-t-elle en le voyant approcher. Je ne savais pas que cette plage vous appartenait...

— Cela n'a aucune importance. Je suis seulement venu vous rapporter votre sac. Il n'est pas très prudent de le laisser traîner de la sorte. Les villageois ne sont pas des voleurs, mais ils sont curieux de nature. Ils rapportent toujours chez eux les objets qu'ils trouvent sur leur chemin dans l'espoir de les remettre à leur propriétaire en échange d'une petite récompense.

— Vous avez raison, j'aurais dû me montrer un peu plus prudente. Mais la plage était déserte quand je suis arrivée...

— Les hommes du village sont toujours à l'affût. Les enfants aussi. Partout où vous irez, vous risquez de les rencontrer. Ne vous laissez pas importuner par eux. Faites-leur comprendre que vous désirez rester seule. Ils partiront aussi vite qu'ils seront venus.

Tout en parlant, Howard la déshabillait littéralement du regard. Andrina s'empara de son sac et en sortit une robe en éponge. Prentice l'aida à l'enfiler et le corps de la jeune femme fut parcouru de frissons quand elle sentit le contact de ses doigts sur sa peau.

— Cet endroit est merveilleux. J'ai nagé avec beaucoup de plaisir, articula-t-elle après un temps.

— Je pensais que vous préfériez rester dans la crique. C'est un endroit plus protégé des vagues...

Andrina soupçonna dans cette remarque une

allusion à son mode de vie, et elle s'empressa de lui répondre :

— Je ne recherche pas l'oisiveté et la facilité à tout prix. Je ne pense pas avoir beaucoup de difficultés à m'adapter à l'existence de l'île. Ma tante va s'absenter peut-être pour quelques jours. Elle doit consulter un spécialiste. Je me sens parfaitement capable de veiller sur la bonne marche de l'hôtel.

— Mme Spiller serait-elle malade ?

— Elle a été victime d'un malaise. J'espère que ce n'est pas très grave. Le docteur Harvey, un client de Castaways, lui a conseillé de voir un autre médecin.

— A-t-elle l'intention de quitter l'île si son état de santé s'aggrave ?

— Non, rétorqua Andrina avec fermeté. Elle aime ce pays. Elle y a vécu des jours très heureux avant la mort de son mari.

— En arrivant ici, aviez-vous l'intention de rester ?

Elle secoua la tête en signe de dénégation.

— Mais désormais je resterai aux côtés de ma tante aussi longtemps qu'elle aura besoin de mon soutien, ajouta-t-elle après un moment.

Elle scruta avec attention le visage de son interlocuteur, prête à lire sur ses traits l'expression de l'ennui et de la déception. Mais il ne laissa rien paraître de sa réaction. Sans un mot, il se dirigea vers un grand palmier où était attaché un magnifique pur sang. Il dénoua les rênes et s'apprêta à enfourcher sa monture.

— Je vous remercie de m'avoir rapporté mon sac, dit la jeune femme. Je vais rentrer à Castaways par la route.

— Vous pouvez emprunter le sentier qui longe la falaise. Il y a une vue imprenable de là-haut. J'y passe très souvent à cheval. Cela gagne beaucoup de temps.

Andrina sembla hésiter un instant.

— Je suppose que vous étiez en plein travail. L'équitation ne doit pas être pour vous un simple passe-temps…

Howard arqua les sourcils.

— Je vois que vous avez forgé une image bien précise de mon personnage. Vous avez raison, je travaillais quand j'ai aperçu votre sac de plage. Il est plus facile de se déplacer à cheval qu'en voiture ici. Il y a des endroits auxquels on ne peut accéder avec une camionnette.

Elle s'assit sur une vieille souche pour enfiler ses sandales.

— Je suis surprise de n'avoir pas rencontré Salty aujourd'hui.

— Il lui arrive de travailler, fit Howard en faisant passer les rênes au-dessus du cou de sa monture. Contrairement à ce que vous pensez, j'accorde une certaine importance à son éducation. Je sais qu'elle mène une existence un peu particulière pour une petite fille de son âge. Mais je sais aussi qu'elle n'y renoncerait pour rien au monde.

— Vous l'élevez comme un garçon ! s'écria Andrina sans parvenir à réprimer les mots qui lui brûlaient les lèvres. Votre femme partage-t-elle votre point de vue ?

— Je ne suis pas marié, fit-il brièvement.

Elle comprit immédiatement qu'elle venait de toucher chez Howard une corde particulièrement sensible.

— Si vous l'étiez, vous comprendriez peut-être ma façon de voir les choses. Elle ne grandit pas dans de bonnes conditions. Vous la traitez comme un garçon, et elle se conduit comme tel.

Il ne fit rien pour cacher l'amusement que faisaient naître en lui les propos indignés de la jeune femme.

— Que feriez-vous à ma place ? demanda-t-il après une courte pause.

L'incertitude se peignit sur le visage d'Andrina.

— Eh bien je... Salty a besoin d'un véritable foyer... de l'influence d'une mère si vous préférez.

Howard descendit de cheval et s'approcha. Le cœur de la jeune femme battait à tout rompre.

— Vous parlez comme une assistante sociale. Ou peut-être essayez-vous de me convaincre de vous demander en mariage...

Au comble du désarroi, elle détourna la tête pour fuir son regard malicieux.

— Pour qui me prenez-vous ? Je suis à mille lieues d'envisager une chose pareille !

— En êtes-vous certaine ? Quand elles se sentent désemparées, les femmes font parfois des déclarations contraires à leurs sentiments.

— Cessez de vous moquer de moi ! Vous ne m'attirez en aucune façon. Quelle femme sensée se laisserait séduire par votre mode de vie ?

— J'en ai connu une autrefois. Mais elle m'a abandonné au moment où j'avais le plus besoin d'elle. Sachez que mon « mode de vie », comme vous dites, me plaît tel qu'il est. Et je ne crois pas que Salty ait à en subir des conséquences néfastes.

— Je reste persuadée qu'elle a besoin d'une éducation sérieuse, répéta Andrina presque malgré elle.

— Vous voulez parler d'une éducation... « conventionnelle »... N'ayez crainte, j'ai bien l'intention de l'envoyer à l'école de la Barbade quand la nécessité s'en fera sentir.

— Ce moment viendra trop tard. Elle sera devenue beaucoup trop sauvage d'ici là.

— Ne la condamnez-vous pas à l'avance ? Elle mérite davantage de confiance...

Andrina avait ressenti de l'affection pour la petite fille dès leur première rencontre. Les paroles du maître de Nettleton l'exaspéraient au plus haut point.

— Vous avez tort. Mais qu'importe ! Cela ne me regarde en aucune façon.

— Enfin une parole sensée, observa-t-il d'un air narquois en la saisissant par le bras.

Avant qu'elle ait eu le temps de deviner ses intentions, il plaquait fermement son corps contre le sien, et appliquait un baiser fougueux sur ses lèvres frémissantes.

Le bref contact de sa bouche la troubla au plus profond de sa chair, et elle fut incapable de lui résister.

Peu après, Howard la relâcha, sauta en selle, et, sans un mot d'adieu, il partit au galop en direction de la falaise. Immobile, elle le vit disparaître à l'horizon, le corps secoué de tremblements nerveux.

Lentement, d'une démarche mal assurée, elle se dirigea vers le sentier qu'il lui avait indiqué un peu plus tôt. Ses jambes la portaient à peine, comme si ce baiser inattendu lui avait ôté toutes ses forces. Péniblement, elle atteignit le haut de la falaise. A sa grande surprise, elle vit qu'Howard l'avait attendue.

— Vous savez, je suis tout à fait capable de retrouver mon chemin toute seule, fit-elle d'une voix enrouée.

— Le sentier est tout près d'ici, je vais vous y conduire. Voulez-vous monter à cheval ? Castaways est encore loin !

— Je suis venue à pied jusqu'ici, rien ne m'empêche de faire le trajet inverse.

Sur ce, elle commença à marcher en direction de l'hôtel.

— Mais vous boitez ! s'écria-t-il en la voyant avancer avec difficulté.

— Ce n'est rien, je me suis tordu la cheville en montant jusqu'ici. La douleur est presque passée.

Quand ils atteignirent la partie la plus élevée du sentier, Howard indiqua d'un geste de la main le panorama qui s'étalait à leurs pieds.

— On peut apercevoir le village d'ici. Et plus loin, le port, au milieu de cette grande étendue de sable.

— Du sable noir, murmura-t-elle en songeant soudain que la couleur de cette partie de l'île reflétait à merveille le caractère mystérieux de son compagnon.

— Ce sont des cendres qui proviennent du volcan. Ce versant de l'île a quelque chose de pathétique. Castaways n'a jamais été touché par les coulées de lave.

— Y a-t-il eu une éruption récemment ? questionna-t-elle avec intérêt, le cœur serré par une vague angoisse.

— Non, pas depuis un siècle. Personne ici n'a connu le volcan en activité. Mais on raconte des centaines de légendes sur la montagne.

— Vous en connaissez ?

— Quelques-unes, oui. On dit qu'un démon vit dans le cratère. Il hurle de temps à autre.

— L'avez-vous déjà entendu ?

— Oui, à plusieurs reprises. J'avoue que cela n'a rien de très rassurant.

— Et pourtant, vous n'avez jamais eu envie de quitter l'île ?

Andrina le regardait intensément, soudain prise du désir de mieux le connaître.

— Non, jamais.

— En cas d'éruption, pensez-vous que le village puisse être englouti ?

— Je l'ignore. Mais une chose est certaine : cette partie de l'île serait méconnaissable.

Un frisson parcourut la frêle silhouette de la jeune femme.

— Il est difficile d'imaginer pareille catastrophe dans un décor aussi grandiose...

— Peut-être aurez-vous l'occasion d'entendre le hurlement du démon pendant votre séjour à Flambeau... La vie en Angleterre doit être plus tranquille.

Elle eut un haussement d'épaules.

— Il existe toutes sortes de démons en Angleterre aussi. La solitude, le chagrin, la déception...

Il la dévisagea longuement.

— Est-ce là la raison de votre venue aux Caraïbes ?

Prise de court, la jeune femme ne put lui cacher la vérité.

— En partie, oui.

— La désillusion est notre lot à tous. Nous devons apprendre à nous résigner, à ne pas désirer l'inaccessible. Ici, on apprend très vite à compenser les rêves illusoires.

— J'espère que vous dites vrai, fit-elle dans un soupir.

A cet instant, Salty fit son apparition au bout du chemin.

— Lui accorderez-vous la permission de venir à Castaways de temps à autre ? demanda alors Andrina.

Il passa la main dans ses cheveux dorés.

— Je ne voudrais pas qu'elle vienne vous déranger dans votre travail.

— Je suis certaine que tout le monde sera ravi de sa visite. Laissez-la venir ! implora-t-elle.

Howard ne put réprimer un sourire.

— Vous êtes très gentille, conclut-il tandis que

l'enfant et sa monture marquaient une halte. Suis-moi, Salty, nous rentrons à la maison.

Il prit congé d'Andrina et guida son cheval sur la route de Nettleton.

— Que voulait Prentice ? lança Gerald à l'adresse de la jeune femme quand il la vit remonter l'allée de pierre de Castaways. Je vous ai vus sur le sentier de la falaise. Vous a-t-il chassée de sa propriété ?

— Au contraire, répondit-elle en se demandant depuis combien de temps il observait leur lente progression. Il s'est montré très aimable et il m'a rapporté mon sac de plage, de peur qu'un paysan ne le prenne.

— Ils sont assez naïfs pour s'imaginer que tout ce qui traîne sur la plage est à eux et que la mer leur a fait un présent… Est-ce la compagnie de Salty que vous recherchez ou celle de Prentice ?

Elle sentit le rouge monter à ses joues.

— Ni l'une ni l'autre, bredouilla-t-elle au comble de la confusion. Mais il est difficile de ne pas les rencontrer quand on s'éloigne de l'hôtel… A propos, il se peut que Salty vienne nous rendre visite un de ces jours. Je la trouve trop seule et trop sauvage. Il faut l'encourager à se mêler aux autres…

— Prentice partage-t-il votre point de vue ?

— Il a donné à Salty la permission de venir.

Gerald eut un petit rire sec.

— Je n'en suis guère surpris. C'est une manière comme une autre de mettre un pied dans les terres de Castaways.

Andrina prit une profonde inspiration pour ne pas laisser libre cours à la colère qui montait en elle.

— Je crois que vous faites erreur sur son compte, Gerald. C'est un honnête homme.

— Je ne lui fais pas confiance. Sa seule ambition est de s'emparer de l'île tout entière. Il rêve de transformer Flambeau en une vaste plantation et de régner en maître sur l'ensemble des terres. La présence de votre tante l'en empêche.

— Vous ne pouvez nier qu'il a fait du beau travail à Nettleton, observa Andrina en prenant malgré elle la défense d'Howard.

— Oui, mais il aimerait étendre son domaine à Castaways. Et laissez-moi vous dire que je m'y opposerai aussi longtemps que j'en aurai le pouvoir. Ce versant de l'île est la propriété de Mme Spiller. Il est hors de question qu'il vienne un jour y faire régner sa loi. Pourquoi devrions-nous transformer notre terre comme il l'a fait chez lui? L'hôtel ne désemplit pas et les clients sont toujours enchantés de leur séjour ici.

— Avouez tout de même que la villa est un peu délabrée...

— Personne ne s'en est jamais plaint.

— Gerry, soyez raisonnable! Ma tante est malade depuis quelque temps, mais ce n'est pas une raison pour tout laisser à l'abandon. Puisque je reste ici, j'ai bien l'intention de remettre un peu d'ordre dans tout cela!

— Les bonnes résolutions ne durent jamais très longtemps ici. Vous verrez, Drina, vous ne tarderez pas à vous plier, vous aussi, au rythme de la région.

Deux jours plus tard, Howard Prentice rendit une visite imprévue à Isabelle Spiller. Gerald était à Grenade pour l'achat de nouvelles provisions, et Andrina prenait un bain de mer, comme elle le faisait chaque jour depuis son arrivée à Flambeau.

Quand la jeune femme revint de la plage en compagnie de Salty, elle trouva le maître de Nettleton en grande conversation avec sa tante.

— J'emmène Mme Spiller à Bridgetown, lui dit-il

aussitôt. De cette façon, le voyage ne lui causera aucune fatigue.

— C'est très aimable de votre part, répondit immédiatement la jeune femme. Merci beaucoup.

— Je suppose que vous viendrez avec nous ?

Elle marqua une légère hésitation.

— Je pense que je ferais mieux de rester ici... pour m'occuper de l'hôtel.

Il ne dissimula en rien son amusement.

— Je croyais que c'était le travail de Fabian, fit-il sournoisement remarquer.

Puis, se tournant vers Isabelle :

— Je passerai vous prendre demain. Il nous faudra partir assez tôt si nous voulons revenir à une heure raisonnable.

Sur ces mots, il prit congé, et, Salty sur ses talons, il s'éloigna de l'hôtel. Comme Andrina aurait aimé les accompagner à Bridgetown !

— Tu devrais venir avec nous, observa la vieille dame lorsqu'il fut parti. Je suis sûre que tu aimerais beaucoup visiter cette petite ville.

— Howard va-t-il vous ramener aussitôt après la visite chez le médecin ?

— Je l'ignore. Il a sans doute quelques affaires à traiter en ville. Je pensais que la petite viendrait avec nous...

— Salty ? fit Andrina. Il ne l'emmène pas ?

— Non, je ne crois pas.

— Je me demande vraiment comment elle occupe ses journées. C'est une vie bien trop solitaire pour une enfant de son âge.

— Si j'étais toi, je n'en parlerais pas à Howard.

— Je lui en ai déjà touché un mot, avoua la jeune femme. Je ne crois pas qu'il ait d'ailleurs beaucoup apprécié mes réflexions à ce sujet.

— Cela ne m'étonne pas. Son autorité est si rarement contestée !

— Tu ne l'aimes vraiment pas, tante Isabelle ?

La vieille dame fronça les sourcils et sembla réfléchir un instant.

— Ce n'est pas cela. Disons plutôt que nous avons des personnalités fort différentes. Et nous sommes tous les deux convaincus du bien-fondé de nos méthodes. Nous pourrions vivre en bon voisinage. Howard nous rend parfois des services appréciables. Mais Gerald est persuadé qu'aucun de ses actes n'est gratuit.

Le lendemain matin, Parson vint chercher Isabelle Spiller au lever du jour. Andrina les accompagna jusqu'à la plage et vit avec émotion sa tante se hisser à bord de la petite barque. Howard Prentice attendait sur le pont de « L'Aigle des Mers ».

Elle regarda le navire s'éloigner avec un pincement au cœur et regretta soudain de ne pas les avoir suivis. Certes, Isabelle n'était pas seule et elle ne risquait rien en présence d'Howard. Mais peut-être aurait-elle eu besoin d'un soutien moral que le maître de Nettleton ne pouvait lui apporter.

— Vous aviez envie d'aller à Bridgetown, n'est-ce pas ? questionna Gerald quand elle fut rentrée à l'hôtel. Pourquoi êtes-vous restée ?

— J'ai pensé que je pourrais me rendre plus utile ici.

— Avez-vous été chargée de me surveiller ? s'enquit-il sur le ton de la plaisanterie.

— Gerry ! Comment osez-vous dire une chose pareille ! Ma tante vous fait entièrement confiance, vous le savez bien !... Pour en revenir à elle, j'ai un peu le sentiment de l'avoir abandonnée...

Songeuse, elle entreprit de rassembler les chaises dispersées autour de la piscine.

— Avez-vous vu Salty ce matin ? interrogea-t-elle après un temps.

— Allez-vous cesser de vous tourmenter au sujet de cette enfant !... Prentice l'adore. Il était très amoureux de sa mère, avant qu'elle ne décide d'épouser Richard, son frère cadet.

— Son frère ? Mais alors Salty n'est pas la fille d'Howard ?

— Bien sûr que non ! Quelle idée absurde ! Il n'est pas homme à désirer un enfant...

Ainsi, Salty n'était que la nièce d'Howard Prentice. Sans qu'elle pût comprendre pourquoi, cette révélation remplissait la jeune femme d'un curieux soulagement. Elle mit plusieurs secondes à surmonter sa stupéfaction.

— Qu'est-il arrivé à Richard ? balbutia-t-elle enfin.

— Après la mort de Nola, je crois que la vie à Flambeau lui est devenue insupportable.

— Est-ce pour cette raison qu'Howard s'est installé ici ? Pour conserver la propriété et offrir un foyer à l'enfant de son frère ?

— Décidément, vous prêtez à cet homme de bien nobles sentiments ! En fait, il a saisi l'occasion de régner sans partage sur Nettleton. Autrefois, il passait tout son temps à naviguer sur « L'Aigle des Mers ». Il ne s'est fixé à Flambeau qu'après la mort de Nola. J'avoue qu'il a réalisé des prodiges sur ses terres. Il s'est occupé de Salty aussi, mais il n'avait pas le choix... Oh et puis que nous importe la vie de la famille Prentice ! Que comptez-vous faire cet après-midi ?

— J'avais l'intention de réfléchir à de nouveaux menus pour les clients.

— Laissez donc ce travail à Luella, elle s'y entend à merveille. Que diriez-vous d'une promenade au village ?

L'offre était alléchante, mais Andrina savait que Gerald avait mille petites tâches à accomplir à l'hôtel. Comme s'il lisait dans ses pensées, il ajouta précipitamment :

— Je dois acheter du poisson au port. Autant profiter de l'occasion...

— Eh bien, c'est entendu, fit la jeune femme dans un sourire malicieux.

Après le déjeuner, ils quittèrent l'hôtel en voiture. Gerald engagea le véhicule sur une route escarpée, creusée dans une arête montagneuse qui divisait Flambeau en deux parties à peu près égales. A leurs pieds s'étendaient la mer Caraïbe et de longues bandes de sable que seuls l'estuaire d'une rivière et quelques récifs rocheux venaient interrompre.

Quand Gerald coupa le contact, ils furent immédiatement entourés par une nuée d'enfants qui les regardèrent sortir de voiture avec de grands yeux. Derrière eux, Andrina aperçut l'unique magasin du village, une sorte de hutte plus ou moins délabrée où une jeune indigène attendait patiemment les clients.

Andrina acheta des tapis de plage en rabane, qu'elle destinait aux clients de Castaways. En les voyant sortir de la boutique, les enfants leur proposèrent des ananas et des avocats. La jeune femme ne put résister à l'envie de leur faire plaisir en échangeant ces fruits exotiques contre quelques dollars.

Ils rejoignirent ensuite le véhicule et continuèrent leur chemin. Ils atteignirent très vite le sommet de la montagne, d'où une route étroite plongeait à pic sur le village. Andrina aperçut le port où quelques bateaux de pêche se balançaient mollement au rythme des vagues. De larges filets étaient tendus entre des troncs d'arbres, et un groupe de marins semblait occupé à les réparer.

Quand Gerald stationna la camionnette sur la jetée, deux indigènes s'approchèrent, le visage fendu d'un large sourire.

— Nous avons fait bonne pêche aujourd'hui,

monsieur Fabian, dit l'un d'eux. Votre commande est prête.

Ils regardèrent Andrina d'un air timide.

— Je vous présente la nièce de Mme Spiller, expliqua Gerald pour les mettre en confiance. Elle va s'installer à Castaways.

Cette information parut satisfaire les deux hommes.

— Nous sommes très heureux de vous rencontrer, fit le deuxième pêcheur. Avez-vous déjà visité notre village ? Depuis que M. Prentice a fait construire le port, le déchargement des bateaux est bien plus facile. Et puis, nous sommes mieux protégés des tempêtes...

Par un jour aussi calme et ensoleillé, il était difficile d'imaginer la fureur d'un cyclone ou d'un raz de marée. Pourtant, Andrina avait entendu parler des ravages provoqués par les caprices de l'océan, et elle s'étonna que ses deux interlocuteurs puissent se montrer si fiers de la digue étroite qui ceinturait le port.

Elle regarda Gerald charger les caisses de poisson dans la fourgonnette et constata qu'il s'entendait à merveille avec les gens du pays.

Pour quitter le village, ils empruntèrent une route bordée de plantations de cannes à sucre. La jeune femme reconnut instantanément le paysage.

— Nous approchons de Nettleton, n'est-ce pas ?

— Nous y sommes, répondit Gerald. Les terres de Prentice s'étendent à perte de vue.

La pente était si raide qu'il fut obligé d'appuyer à fond sur l'accélérateur. Mais bientôt, une rencontre inattendue le contraignit à stopper le véhicule et à se ranger précipitamment sur le bas-côté.

— Maudite gamine ! maugréa-t-il en voyant Salty approcher en tirant sa mule. Elle surgit à tout moment d'on ne sait où, et toujours du mauvais côté de la route.

Sans prêter attention aux paroles de son compagnon, Andrina observa l'enfant avec inquiétude.

— Elle n'a pas l'air dans son état normal, Gerry. Regardez, elle tient à peine sur ses jambes.

— Je ne me sens pas bien, fit Salty en rejoignant la voiture. J'ai mal au cœur.

Andrina la prit aussitôt entre ses bras.

— Tu as dû rester au soleil trop longtemps. Pourquoi ne portes-tu jamais de chapeau ?

— J'en avais un, mais le vent l'a emporté et il est tombé à l'eau.

— Elle est malade, fit la jeune femme à l'adresse de Gerald. Son visage est si pâle... Nous allons l'emmener à Castaways et je m'occuperai d'elle.

Le jeune homme secoua la tête.

— Nous sommes plus près de Nettleton, observat-il. Et la route de Castaways est beaucoup trop sinueuse.

Salty s'accrochait aux jambes d'Andrina.

— Je veux rentrer à la maison, gémissait-elle. Cette idiote de mule m'a encore fait tomber.

Une vague de colère envahit alors la jeune femme. Howard était-il inconscient ? Pourquoi autorisait-il l'enfant à monter un animal aussi dangereux ?

— Y a-t-il quelqu'un pour te soigner à Nettleton ? demanda-t-elle en réprimant son emportement.

Le visage de Salty se rembrunit.

— Il n'y a que Berthe. Et elle est trop sévère.

— Ecoute Salty, nous allons te reconduire et te mettre au lit. Je suis sûre que quelqu'un pourra s'occuper de toi.

— Il y a bien Carry, mais je ne l'aime pas. Elle est pire que Berthe.

Andrina se tourna vers son compagnon.

— Vous les connaissez?

— Un peu. Berthe est la cuisinière des Prentice depuis des années. Elle habite Nettleton avec son mari. Mais elle a énormément vieilli ces derniers temps...

— Assez pour ne pas être en mesure de s'occuper de Salty?

— Je le crains en effet.

— Et Carry?

— Oh, c'est une petite écervelée toujours occupée à flirter avec tous les hommes du village.

— Et il n'y a personne d'autre?

— Non, répondit Gerald. Pas à ma connaissance.

Andrina laissa échapper un soupir.

— Pauvre Salty! murmura-t-elle pour elle-même. Pas étonnant qu'elle devienne aussi farouche dans ces conditions.

Puis, se tournant vers la petite fille :

— Ne t'inquiète pas, ma chérie. Nous allons te raccompagner.

Moins d'un quart d'heure plus tard, ils entraient dans la propriété d'Howard Prentice. La chaleur était à la limite du supportable. Ils pénétrèrent dans la villa par la porte restée grande ouverte. La température semblait encore plus oppressante à l'intérieur. Personne ne vint à leur rencontre.

— Ils doivent tous dormir, fit Salty d'une petite voix. Ils font la sieste après le déjeuner.

Un silence pesant emplissait l'atmosphère.

— Y a-t-il quelqu'un? cria Gerald. Berthe, où êtes-vous?

Au terme de quelques instants qui leur parurent une éternité, le calme fut rompu par un bruit de pas provenant du couloir.

— J'arrive! cria une voix joyeuse. J'arrive aussi vite que mes vieilles jambes me le permettent...

Andrina se retourna et découvrit Berthe sur le pas

de la porte. C'était une petite femme replette, au teint basané et au visage sillonné de profondes rides. Elle considéra Salty d'un œil inquiet et parut alarmée par la pâleur de la petite fille.

— Vous êtes encore tombée de cet âne de malheur, Miss Salty! Je me demande ce qu'attend M. Prentice pour vous offrir un animal un peu plus docile! Il se fait vieux et il en a assez de supporter votre poids sur son dos.

Elle se tourna ensuite vers Andrina.

— Vous êtes de Castaways, n'est-ce pas? On m'a dit que...

— J'ai mal au cœur, intervint Salty d'une voix à peine audible.

Andrina prit sans plus attendre la situation en main.

— Il faut absolument qu'elle s'allonge, expliquat-elle. Si vous pouviez m'aider à préparer son lit...

— Vous croyez qu'elle est malade à ce point? interrogea Berthe en se dirigeant vers la cage d'escalier. Venez, je vais vous montrer sa chambre.

Salty s'agrippait désespérément aux jambes de sa nouvelle amie.

— Ne me laissez pas, suppliait-elle d'un ton implorant. Ne partez pas!

— Ne t'inquiète pas, assura la jeune femme. Je vais rester avec toi.

Elles suivirent la cuisinière jusqu'au premier étage. Les escaliers débouchaient sur un vaste hall.

— Nous y voilà! s'exclama Berthe en ouvrant une des nombreuses portes. Installez-la sur le lit, je descends chercher à boire.

— Si au moins je savais quoi faire, confia Andrina à Gerald après le départ de la vieille femme. J'ai l'impression qu'elle est proche de l'évanouissement.

Sans plus attendre, ils étendirent Salty sur un petit lit posé à l'angle de la pièce.

— Je vais baisser les stores, dit Gerald en s'approchant des fenêtres baignées de lumière. A mon avis, elle a dû perdre un instant connaissance après sa chute et rester allongée en plein soleil. Elle doit souffrir d'une légère insolation.

Une indicible angoisse tenaillait le cœur d'Andrina.

— Si au moins cela ne s'était pas produit pendant l'absence d'Howard ! soupira-t-elle.

— Les accidents surviennent toujours au mauvais moment. Comptez-vous rester à son chevet ?

— Que puis-je faire d'autre ? interrogea la jeune femme en sentant les doigts de Salty s'agripper sur son poignet. Il faut absolument que quelqu'un s'occupe d'elle.

— Berthe pourrait bien le faire...

— Vous avez sans doute raison. Mais je vais tout de même rester un moment. Peut-être que dans une heure il n'y paraîtra plus.

Gerald appliqua la paume de sa main contre le front de l'enfant.

— Seigneur, elle a vraiment de la température !

Andrina ne parut pas autrement surprise. Elle avait remarqué le regard brillant et les joues empourprées de la petite fille.

— Je vais lui tenir compagnie. Que faites-vous, Gerald ? Rentrez-vous à l'hôtel ?

— Il le faut. Les poissons non plus ne supportent guère la chaleur...

— Peut-être pourriez-vous en laisser quelques-uns ? Salty aura sans doute faim à son réveil. Je crois qu'elle s'est endormie.

— C'est tellement étrange de la voir allongée ainsi ! Elle qui court toujours par monts et par vaux !

Rien de la petite créature farouche et intrépide ne subsistait. Elle se tournait et se retournait dans son sommeil. Son petit corps agité semblait inhabituellement fragile et vulnérable.

Gerald marcha silencieusement vers la porte.

— Je dois vous laisser maintenant. Vous devrez peut-être passer la nuit ici...

Une telle perspective n'enchantait guère la jeune femme.

— Revenez au plus tôt, Gerald!

Il quitta la pièce à regret, cédant le passage à Berthe qui remontait péniblement avec une carafe d'eau.

— Je crois qu'il faut la laisser dormir, chuchota Andrina quand elle entra dans la chambre. Elle a beaucoup de fièvre.

— Je me souviens l'avoir déjà vue dans cet état à son retour de New York, dit la vieille femme en considérant Salty d'un œil attendri. Pauvre enfant! Sa mère lui manque et M. Prentice ne veut pas l'admettre. Il n'est pas encore remis de tout ce qui s'est passé autrefois. C'est un homme très bon, mais il ne supporte pas qu'on le fasse souffrir. Mme Prentice lui a fait beaucoup de mal. Et à Monsieur Richard aussi. Je crois qu'elle ne les aimait ni l'un ni l'autre.

Andrina éprouvait une certaine gêne à écouter les commérages de la cuisinière. Mais comment pouvait-elle échapper à ce flot de confidences?

— Elle n'aimait pas Flambeau non plus, continua inlassablement Berthe. Elle préférait New York. Et elle a fini par emmener Salty en Amérique. Pourtant, son mari aurait tout fait pour elle.

— L'aimait-il? questionna Andrina, intéressée malgré elle.

— Oh oui! Elle avait tout ce dont une femme peut rêver.

— Pourquoi est-elle partie?

Berthe marqua une légère hésitation.

— Je ne sais pas, avoua-t-elle après un temps.

C'est peut-être le démon de la montagne qui lui faisait peur !

La jeune femme ne put réprimer un léger sourire. Nola Prentice ! Avait-elle été la compagne d'Howard avant de devenir l'épouse légitime de Richard ? Howard conservait-il intacte en sa mémoire l'image de cette femme qui avait trahi son amour ? Et Salty ? Pourquoi la gardait-il auprès de lui ? Etait-ce pour entretenir un souvenir vivant de l'être auquel il avait autrefois voué une passion éperdue ?

Andrina contempla la fillette avec attendrissement. Elle semblait maintenant plongée dans un lourd sommeil. Dormirait-elle jusqu'au retour de son oncle ?

Elle entendit soudain des pas dans la montée d'escalier et son cœur s'arrêta de battre. Mais ce n'était que Gerald venu lui apporter ses affaires pour la nuit.

— J'ai pris tout ce que j'ai pu trouver dans votre chambre, expliqua-t-il en posant un sac à ses pieds. J'ai pensé que vous voudriez rester, étant donné l'absence prolongée de Prentice. Quelque chose les aura retardés à Bridgetown.

— Ils seront sans doute de retour demain matin. J'espère que Salty se sentira mieux d'ici là.

— Où allez-vous dormir ? interrogea-t-il en embrassant la pièce d'un regard circulaire.

— Sur le sofa. Je trouverai bien une couverture quelque part.

Gerry se tenait au milieu de la chambre, les bras ballants, ne sachant visiblement pas quelle attitude adopter.

— Je devrais peut-être rester avec vous, dit-il d'un ton indécis.

— C'est inutile. Tout ira bien. Votre présence à l'hôtel est indispensable.

— Dieu que la vie est bête ! s'exclama-t-il soudain

en saisissant la poignée de la porte. J'aurais tant aimé que vous vous jetiez ainsi dans mes bras...

Elle sentit le rouge colorer ses joues.

— Je ne comprends pas vos insinuations. Je suis ici pour veiller sur une enfant malade. Non pour me « jeter dans les bras » de qui que ce soit.

— Ce n'est pas ce que pensera Prentice en vous trouvant chez lui... Il faut dire qu'il a connu nombre de succès faciles avec les femmes. Les filles du village n'oseraient lui refuser leurs faveurs...

— C'est possible, coupa Andrina d'une voix sèche. Mais j'ose espérer que vous ne me prêtez pas semblable attitude. Je lui ai d'ailleurs fait comprendre qu'il n'avait rien à attendre de moi.

— Vraiment ? Vous aurait-il fait quelque proposition malhonnête ?

La jeune femme se remémora en un éclair le baiser fougueux qu'il lui avait appliqué sur les lèvres.

— Non, rien de tel, bredouilla-t-elle en avalant péniblement sa salive. Je crois plutôt qu'il est à la recherche de... d'une gouvernante pour Salty.

— Et vous avez rejeté son offre ?

— Sans hésiter. Je n'étais guère qualifiée pour ce genre d'occupation.

Gerald eut un petit rire sarcastique.

— Vous l'êtes maintenant ! Et je crois qu'il vous en sera très reconnaissant...

Comme la jeune femme restait muette, il se tourna vers la petite fille et reprit d'un ton plus doux :

— A-t-elle dormi pendant tout ce temps ? Vous ne lui avez rien donné à manger ?

Andrina secoua négativement la tête.

— Il vaut mieux laisser agir la nature. Le sommeil peut être très réparateur chez les enfants. Je suis persuadée que demain elle sera guérie.

— Je l'espère... Quoi qu'il en soit, je passerai vous prendre dans la matinée.

Une heure plus tard, Berthe faisait une nouvelle apparition dans la chambre. Elle tendit un plateau à la jeune femme.

— J'ai pensé que vous préféreriez prendre votre dîner à côté de Miss Salty.

— Je vous remercie, Berthe. Je vais tâcher de ne pas la réveiller.

— Elle semble retrouver ses couleurs. Mais surtout, ne la laissez pas maintenant. J'ai mis un peu de rhum dans votre café. Vous dormirez mieux.

Après avoir avalé le délicieux repas que Berthe lui avait préparé, la jeune femme s'endormit d'un sommeil paisible. Aux premières lueurs de l'aube, elle fut éveillée par un grondement inquiétant. Elle jeta un bref coup d'œil à sa montre. Il n'était que cinq heures. Ce bruit sourd ne pouvait émaner de la demeure silencieuse. Le démon de la montagne commençait-il à se manifester?

L'esprit agité de sombres pensées, elle tenta de trouver un sommeil qui s'obstinait à la fuir. Elle venait à peine de s'assoupir lorsque le sentiment d'une présence à ses côtés la fit se redresser en sursaut.

Howard s'approcha du sofa.

— Que faites-vous ici? Qu'est-il arrivé?

Au comble de la confusion, Andrina remonta le drap qui avait glissé pendant la nuit.

— Je... je suis là à cause de Salty. Parlez doucement, je vous en prie, vous risqueriez de la réveiller. Gerald et moi l'avons trouvée sur notre chemin et nous l'avons ramenée ici. Elle a sans doute été victime d'une insolation.

Il fixa d'un œil inquiet le lit de l'enfant.

— Quand vous serez prête, fit-il après un temps, je vous reconduirai à Castaways.

La jeune femme enfila sa robe de chambre en toute hâte.

— Ma tante est-elle rentrée à l'hôtel ? interrogea-t-elle.

— Non. Mais je crois que nous ferions mieux de parler au rez-de-chaussée. Habillez-vous, je vais demander à Berthe de vous remplacer auprès de Salty.

Il considéra avec mauvaise humeur le sac de la jeune femme. Pour une obscure raison, sa présence à Nettleton semblait vivement le contrarier.

— Je ne pensais pas passer la nuit ici quand j'ai amené Salty, expliqua-t-elle précipitamment. Et puis j'ai réalisé qu'il n'y avait personne dans la maison pour prendre soin d'elle. Gerald m'a apporté ces quelques affaires pour la nuit.

— Vous savez, Salty est souvent seule ici. Et cela ne paraît pas lui déplaire.

Sans attendre sa réponse, il sortit de la pièce et ferma doucement la porte derrière lui. Cinq minutes plus tard, elle le rejoignait dans le hall.

— Qu'est-il arrivé à ma tante ? demanda-t-elle sans plus attendre.

— Elle a dû rester à Bridgetown. Mais ne vous inquiétez pas, son état de santé n'a rien d'alarmant.

Andrina se laissa tomber sur la chaise la plus proche.

— Je croyais qu'il s'agissait d'une simple consultation...

— Mme Spiller voulait rentrer. Mais le médecin a préféré recueillir l'avis d'un de ses collègues. Je crois aussi qu'elle doit subir une espèce de traitement pour le cœur. Elle était très inquiète de vous savoir seule à la tête de l'hôtel.

— Je regrette de ne pas l'avoir accompagnée. Où est-elle maintenant ?

— Elle est descendue dans un hôtel de Bridgetown qu'elle semblait connaître.

Il entraîna la jeune femme dans le salon.

— Allons prendre notre petit déjeuner. Je vous reconduirai ensuite à Castaways.

— Gerald doit venir me chercher. Je ne voudrais pas vous déranger une fois de plus.

— Faites comme il vous plaira. Rien ne vous empêche en tout cas de prendre une tasse de café.

— Entendu. Avant de rentrer, je monterai voir comment se porte Salty.

Howard s'approcha de la véranda et contempla l'océan qui s'étendait en contrebas de la propriété.

— Je ne suis peut-être pas le tuteur rêvé pour Salty, mais vous seriez surprise de constater l'affection qui nous unit. Elle aime beaucoup son mode d'existence, et j'envisage avec inquiétude le moment où il lui faudra rompre ses habitudes.

— Allez-vous l'envoyer à l'école de Bridgetown ?

— Il le faudra bien, soupira-t-il en voyant la cuisinière entrer avec le plateau du petit déjeuner.

Puis, se tournant à nouveau vers Andrina :

— Je retourne à la Barbade mardi. J'ai l'intention d'emmener Salty voir un médecin. Voulez-vous nous accompagner ?

— J'aimerais beaucoup voir ma tante. Mais Gerry pourrait sans doute me conduire à Grenade et…

— C'est beaucoup plus simple sur « L'Aigle des Mers ». Et vous pourrez m'aider à choisir une nouvelle garde-robe pour Salty. Ou au moins une jupe… je ne sais même pas si elle en a une.

Avant qu'elle ait eu le temps de réagir à cette proposition, Howard avait quitté la pièce, la laissant seule dans le salon. Elle laissa errer son regard et remarqua brusquement un tableau suspendu au manteau de la cheminée. C'était le portrait d'une jeune femme vêtue de bleu. Il ne faisait aucun doute qu'il s'agissait de la mère de Salty. Elle resta un long moment immobile, les yeux fixés sur le visage du modèle qui semblait lui lancer une espèce de défi.

Howard avait-il accroché cette toile dans le souci d'entretenir chez la petite fille le souvenir de sa mère ? Ou était-ce plutôt pour conserver sous sa vue l'image de la femme qu'il avait jadis tant aimée ?

Elle s'installa sous la véranda pour attendre le retour de son hôte.

— Etes-vous déjà descendue au village ? demanda-t-il peu après de façon inattendue. Avez-vous vu le port ?

— Gerald m'y a conduite hier. Il est encore en construction, n'est-ce pas ?

— Oui, je suis en train de le faire agrandir. Quand je suis arrivé à Flambeau, les pêcheurs tiraient leurs barques sur la plage pour les décharger. Ils procédaient ainsi depuis des siècles. J'ai pensé qu'en construisant un port, on parviendrait à gagner du temps et à tirer un meilleur parti de la pêche.

— Vous faites beaucoup pour ces paysans, remarqua Andrina.

— Ne nourrissez pas d'illusions. Ce n'est pas pure philanthropie de ma part. J'y trouve aussi mon compte.

Ils bavardaient depuis un long moment sous la véranda quand, soudain, une étrange mélodie aux accords insolites s'éleva de derrière la haie qui bordait le domaine. Un visage buriné, surmonté d'un chapeau de paille à larges bords, apparut dans les interstices du feuillage.

     … « L'abeille m'offre le miel
     Et monsieur Howard le labeur
     Tous deux me rendent la vie belle
     Et me donnent le bonheur »…

Howard et Andrina pouffèrent tous deux d'un rire joyeux.

— On dirait que vous avez su conquérir le cœur de vos employés ! constata la jeune femme avec amusement. Il faut avouer que vos terres sont florissantes...

— Et encore, vous n'avez pas tout vu ! Quand vous en aurez le temps, conduisez les clients de l'hôtel dans le champ où l'on cultive les épices. Ils emporteront avec eux un souvenir impérissable du parfum des clous de girofle. Vous aussi, j'en suis certain.

Il parlait comme s'il était persuadé qu'elle ne tarderait pas à quitter Flambeau.

— Je pense rester à Castaways plus longtemps que prévu, observa-t-elle. Ma tante est trop fatiguée pour s'occuper de l'hôtel à elle seule. Et pour l'instant, elle est à Bridgetown... Dieu sait pour combien de temps !

— Je pense qu'elle vous fera part de ses intentions quand vous lui rendrez visite à la Barbade.

A cet instant, Berthe fit irruption dans la pièce, les bras chargés d'un second plateau.

— C'était pour Miss Salty, expliqua-t-elle. Je le lui ai monté, mais elle dort encore. D'un sommeil paisible, comme un petit bébé.

Elle fixa soudain la montagne d'un œil sombre.

— Avez-vous entendu le démon pendant la nuit ? Il a hurlé une fois et puis il s'est tu, comme le grondement du tonnerre.

Howard eut un haussement d'épaules.

— Les démons n'existent que dans les légendes, Berthe. Vous le savez bien !

— Oui, Monsieur. Pourtant cette maudite montagne semble bien nous prouver le contraire...

— Restez auprès de Miss Salty, coupa Howard en la renvoyant. Et dites à Georges que je veux le voir dans la plantation d'épices dans une demi-heure.

— Vous partez déjà travailler, Monsieur ? Vous n'avez pourtant guère dormi...

— Ne vous inquiétez pas pour moi, Berthe. Et n'oubliez pas de prévenir Georges.

— Bien Monsieur, fit la vieille dame avant de quitter la pièce.

— Que diriez-vous d'une autre tasse de café, Miss Collington ?

Andrina accepta de bon cœur. Comme il était étrange cependant de partager son petit déjeuner avec un homme comme Howard Prentice ! Pour l'heure, il restait silencieux, la mine soucieuse.

— Pensez-vous que la montagne représente un quelconque danger ? demanda-t-elle en rompant le silence qui venait de s'instaurer entre eux. Un danger imminent, je veux dire.

— Non, je ne le crois pas. Le volcan gronde parfois, et les paysans sont terrorisés quand cela se produit. S'il y avait une éruption, la lave engloutirait sans doute ce versant de l'île. Vous ne craignez rien à Castaways.

Elle but une gorgée de café et reposa sa tasse.

— Mais à Nettleton les dégâts seraient considérables, n'est-ce pas ? Une telle catastrophe signifierait l'anéantissement de tout votre travail.

— En effet, admit-il d'une voix grave. Il ne resterait plus rien de mes plantations.

— J'espère que rien de tel ne se produira. Mais que faudrait-il faire si le volcan venait à se réveiller ?

— J'ai prévu un plan d'évacuation pour Nettleton. J'ignore ce qui a été envisagé à Castaways...

— Pourtant, nous devrions unir nos efforts, à ce niveau au moins. On ne peut lutter seul contre la nature. Pourquoi ne pas en parler à ma tante... ou à Gerald ?

Howard eut un geste désabusé.

— Fabian ne remuerait pas le petit doigt en cas de

danger. Il s'allongerait sur son hamac pour attendre que les choses se calment. Je me demande vraiment pourquoi Mme Spiller le garde auprès d'elle.

— Elle lui porte une grande affection. Il a agi avec beaucoup de dévouement après la mort de mon oncle.

— Vous avez raison. Son attitude m'a d'ailleurs étonné pendant cette période. Je comprends qu'elle lui en soit reconnaissante…

— Ce décès a bouleversé tante Isabelle. Ils étaient toujours très amoureux l'un de l'autre.

Howard se versa une nouvelle tasse de café.

— L'amour semble parfois assez tenace pour survivre après des années. Je suppose que vous avez déjà été amoureuse ?

Cette question la prit au dépourvu.

— Comment pouvez-vous en être aussi sûr ?

— Il n'est pas difficile de deviner que vous venez de connaître une déception sentimentale. A quoi bon le cacher ? Nous avons tous vécu pareille expérience !

— J'ai du mal à vous imaginer aux prises avec de semblables sentiments…

Il poussa sa chaise et se leva d'un geste rapide, comme pour se dérober à une conversation devenue trop personnelle.

— Je vais aller voir Salty un moment avant de partir travailler.

Sur ces mots, il la laissa seule. Leur entretien avait fait resurgir chez la jeune femme de pénibles souvenirs. Pourtant, elle s'apercevait avec satisfaction que la vie de Flambeau avait bien vite absorbé l'essentiel de ses pensées.

Le bruit familier de la fourgonnette la ramena soudain à la réalité. Elle se leva pour accueillir Gerald.

— Je suis un peu en retard, s'excusa-t-il en la

rejoignant sous la véranda. Il y avait tant de choses à faire à Castaways ! Où est Salty ?

— Au lit. Howard est rentré. Il est dans la chambre de la petite.

— Pourquoi n'a-t-il pas ramené Mme Spiller ?

— Elle a dû rester à Bridgetown pour un nouvel examen.

Le visage du jeune homme se rembrunit.

— Que s'est-il passé ? Est-elle sérieusement malade ?

— Je ne le pense pas. Gerry, je voudrais la voir aussi vite que possible. Je n'aurais jamais dû la laisser partir toute seule !...

— Vous ne pouviez pas prévoir un tel contretemps, fit-il en passant un bras sur son épaule pour l'attirer près de lui.

— Vous êtes très gentil, Gerald. Mais il faut absolument que j'aille à la Barbade.

Elle se dégagea de son étreinte.

— Eh bien, je vais vous y conduire ! dit-il aussitôt.

— Nous ne pouvons pas quitter l'hôtel tous les deux en même temps, observa Andrina. Demain, il y aura dix clients à Castaways. Vous devez rester pour les accueillir. Et je suis bien incapable de manœuvrer seule le canot !

— Alors que comptez-vous faire ?

— Howard doit se rendre à Bridgetown mardi. Il m'a proposé de l'accompagner.

— Je vois... Tout est déjà arrangé. Vous auriez pu me le dire plus directement !

— Salty a besoin d'une nouvelle garde-robe. Il m'a priée de l'aider dans son choix.

A cet instant, la petite fille passa la tête à travers une fenêtre élevée qui ouvrait sur la véranda. Howard se tenait debout derrière elle.

— Je vais mieux ! cria-t-elle à l'adresse d'Andrina. Mais il faut que je reste au lit.

Howard l'entraîna à l'intérieur.

— Je vais monter lui dire au revoir, dit la jeune femme à l'intention de Gerald.

— Ne tardez pas trop. J'aimerais rentrer au plus vite, répondit-il d'un ton agacé.

Andrina trouva Salty seule dans sa chambre.

— Je suis presque guérie, confia immédiatement la petite fille. Mais Howard ne veut pas me laisser sortir. Jusqu'à mardi... on partira tous les trois sur « L'Aigle des Mers » !

La jeune femme déposa un tendre baiser sur son front.

— Allez, remets-toi au lit et sois sage si tu veux être rétablie pour venir à la Barbade.

— J'aimerais bien aller à Castaways avec vous...

— Une autre fois.

Elle se retourna pour quitter la pièce et aperçut la silhouette d'Howard dans l'embrasure de la porte. Il la raccompagna au salon.

— Alors, c'est entendu pour mardi ?

— Oui, à moins que cela ne vous dérange...

Il lui sourit.

— Si je vous ai fait cette offre, c'est que j'en avais envie. Je ne change pas très souvent d'avis.

Sur quoi il s'éloigna à grandes enjambées en direction des écuries. Andrina rejoignit Gerald sous la véranda.

— Vous voilà enfin ! Vous êtes prête ?

— Oui.

Elle jeta un dernier regard à l'intérieur de la villa.

— Cette maison est tout de même un peu triste. Elle est bien trop grande pour deux personnes.

Gerald marchait déjà vers la camionnette.

— Si vous avez des prétentions sur le maître des lieux, vous feriez bien de ne pas vous faire trop d'illusions. Prentice n'est pas le genre d'homme à vouloir se marier.

Andrina se glissa sur le siège du passager sans prendre garde à ses insinuations.

— Avez-vous connu la mère de Salty ?

— Tout le monde la connaissait. Nola passait difficilement inaperçue. Elle venait souvent à Castaways. C'est Howard qui l'a amenée à Flambeau. Mais elle s'est presque aussitôt jetée dans les bras de Richard. Il en est tombé follement amoureux.

— Pourtant, elle était fiancée à son frère…

— Howard a quitté l'île dès leur mariage. Il n'est revenu qu'après la naissance de Salty.

Le tableau accroché à la cheminée revint immédiatement à l'esprit d'Andrina.

— Je suppose qu'il est encore amoureux d'elle aujourd'hui…

— Dieu seul le sait, répondit Gerald en tournant la clef de contact. Prentice ne fait guère de confidences. A la mort de Nola, il a ramené Salty à Nettleton et il a pris le domaine en main.

— Qu'est devenu Richard ?

Il eut un haussement d'épaules.

— Je l'ignore. Quand Nola l'a quitté, je crois qu'elle s'est installée à New York. Elle voulait devenir actrice, paraît-il.

— Salty devait constituer un obstacle à sa carrière. Pourquoi l'a-t-elle emmenée avec elle ?

— Je suppose qu'il est difficile pour une mère d'abandonner ainsi son enfant.

— Que lui est-il arrivé ?

— L'appartement où elle habitait a pris feu. Elle a jeté Salty par la fenêtre, mais elle a péri dans les flammes. J'imagine que Salty en a conservé un terrible souvenir. Elle devait avoir environ trois ans…

— Pauvre enfant ! s'exclama Andrina. Mais pourquoi Howard l'a-t-il ramenée ici ?

— Richard avait disparu. Il fallait bien que quelqu'un s'en occupe… Mais qu'avez-vous à me poser toutes ces questions ? Prentice vous intéresse-t-il à ce point ?

— Non, je suis curieuse, c'est tout. Il est difficile de vivre dans une île aussi minuscule sans se préoccuper un peu de l'existence de ses habitants.

— Préoccupez-vous donc de ma vie à moi ! s'exclama Gerald en appliquant un baiser sonore sur sa joue. Vous savez, je mérite que l'on s'intéresse à moi…

— Je n'en doute pas, fit la jeune femme dans un sourire. Mais prenez garde de ne pas nous faire chavirer dans le fossé !

4

A son retour de Nettleton, Andrina décida qu'il était grand temps de remettre un peu d'ordre dans la demeure de sa tante. L'hôtel avait été géré sans beaucoup d'égards depuis de trop nombreuses années. Certes, la jeune femme ne désirait en aucune façon transformer l'atmosphère du lieu. Pourtant, elle estimait que quelques changements et réparations s'imposaient. Elle se mit aussitôt à l'œuvre.

Gerald l'observait d'un regard amusé.

— Vous me faites penser à une fourmi laborieuse. Mais quels que puissent être les efforts que vous déploierez, vous ne parviendrez jamais à modifier l'aspect de Castaways…

— Telle n'est pas mon intention, protesta-t-elle vivement. Je veux simplement remettre un peu d'ordre. Les abords de la piscine par exemple pourraient être un peu mieux entretenus…

— C'est le travail de Peter ! Si nous le faisons à sa place, il sera terriblement vexé.

— Alors faites en sorte qu'il s'en occupe correctement. Et puis il y a aussi les chambres.

— Elles n'entrent pas dans mes attributions, déclara-t-il d'une voix solennelle.

Elle se retourna pour lui faire face.

— Et quelles sont donc vos attributions, Gerry ?

Il sembla réfléchir un instant.

— Je suis le factotum du domaine. L'intendant, si vous préférez. Je suis chargé de faire la navette entre Flambeau et Grenade et de superviser l'ensemble des tâches du personnel. Parfois je fais un peu de comptabilité, mais j'avoue que ce n'est pas mon point fort. C'est en général votre tante qui s'en occupe.

— Je suis tout à fait capable de la remplacer pendant son absence, glissa Andrina. Mais c'est à vous de vous occuper des travaux plus importants. Je pourrais toutefois vous aider à faucher un peu toutes ces mauvaises herbes qui envahissent le bord de l'allée.

— Je ne me trompais pas, vous êtes la nouvelle fourmi de Castaways. Mais quelle jolie fourmi !... Luella vous aidera à arranger les chambres. Si les meubles ont besoin d'être réparés, faites appel à Joss. La menuiserie est son passe-temps favori.

— Et vous ? interrogea la jeune femme. Je suggère que vous commenciez par la plage. Les chaises longues sont en piteux état. Vous pourrez ainsi travailler au soleil...

Quand elle eut terminé d'astiquer les chambres avec l'aide de Luella, Andrina songea soudain que les bungalows méritaient eux aussi quelque attention. Les cabanons en bois étaient disséminés en demi-cercle sur une petite falaise surplombant la plage. Chacun se composait d'une chambre, d'une kitchenette, d'une salle de bains et d'une véranda offrant une vue imprenable sur l'océan.

Les clients pouvaient à leur gré préparer leur nourriture ou prendre leurs repas à l'hôtel. Ce type d'organisation leur laissait une grande indépendance et ils s'en montraient généralement ravis.

En fin de matinée, Gerald rejoignit la jeune femme près du hameau.

— Avez-vous bien travaillé ? demanda-t-il en s'approchant de sa démarche nonchalante. Moi, j'ai réparé les transats et les chaises de bois disposées autour de la piscine... Vous voyez, je ne suis pas resté inactif !

— Vous méritez un bon rafraîchissement. Vous êtes en nage...

— Je vais me baigner. Vous venez avec moi ?

L'eau fraîche leur procura une agréable détente et leur fit oublier les fatigues de la matinée. Gerald plongea à plusieurs reprises pour remonter à la jeune femme des morceaux de corail multicolores.

Quand, à bout de souffle, ils atteignirent le rivage, Luella faisait tinter la cloche qui annonçait l'heure du déjeuner. En marchant pieds nus sur le sable chaud, Andrina songeait qu'elle n'avait pas éprouvé tant de bien-être depuis des années. Elle s'arrêta à l'ombre d'un palmier et considéra son compagnon avec reconnaissance.

— Vous ressemblez à une déesse de la mer, lui dit-il en détaillant sa silhouette avec admiration. Je crois bien que je vais vous embrasser.

Il passa un bras autour de sa taille.

— Andrina, nous pourrions être si heureux tous les deux...

Elle évita le contact de ses lèvres.

— Nous nous connaissons à peine, Gerry. Vous arrive-t-il d'être sérieux quelquefois ?

Il l'obligea à s'asseoir sur le sable et s'allongea à ses côtés.

— Je n'ai jamais été aussi sérieux de ma vie. Drina, laissez-moi une chance...

— Gerry, bredouilla-t-elle, nous allons être en retard pour le déjeuner.

Il emprisonna sa frêle silhouette de ses deux mains robustes et l'embrassa avec fougue.

— Laissez-moi une chance, répéta-t-il d'une voix rauque. Tout le monde ici serait ravi de notre union.

Andrina lutta pour se dégager de son étreinte et partit en courant dans la direction de l'hôtel. Gerald eut tôt fait de la rattraper, et, comme elle reprenait son souffle sur le bord de la piscine, il l'entraîna dans le bassin avec un rire joyeux.

— Un petit rafraîchissement ! s'exclama-t-il en aspergeant son visage.

Ne sachant que penser des déclarations du jeune homme, Andrina se hissa prestement hors de l'eau, et se recouvrit le corps d'une serviette de bain.

— Nous avons bien gagné un peu de repos, lui dit-elle. J'aimerais aller voir les plantations d'épices cet après-midi.

— Vos désirs sont des ordres ! Nous irons avec la camionnette. Il fait beaucoup trop chaud pour s'aventurer aussi loin à pied.

Ils dégustèrent à petites gorgées le punch délicieusement sucré que Peter leur servit dès leur arrivée. Peu après, Luella leur apportait une salade exotique et un plat de poulet froid.

Au fil du temps, la jeune Londonienne s'accoutumait à l'existence paisible de Castaways. Elle comprenait chaque jour davantage le bonheur sans limites que son oncle et sa tante avaient connu dans ce décor idyllique.

— Elle a dû être bien malheureuse après le décès d'Albert, murmura-t-elle, les yeux brouillés de larmes.

— Terriblement, fit Gerald avec douceur. Elle s'est sentie brusquement très seule.

— Est-il nécessaire de demander une autorisation spéciale pour visiter les cultures d'épices ? demanda-t-elle en essayant de surmonter son émotion.

— Non, c'est inutile. Prentice lui-même considère cet endroit comme un lieu touristique.

Moins d'un quart d'heure plus tard, l'intendant de Castaways avançait la camionnette devant la porte de l'hôtel. Andrina avait enfilé une robe de cotonnade jaune et emprunté à sa tante un chapeau de paille à larges bords.

— Vous voulez conduire? proposa Gerald en la voyant arriver. Il faudra que vous vous y habituiez : vous aurez certainement l'occasion d'utiliser la fourgonnette.

— Elle me paraît bien mal en point, remarqua-t-elle d'une voix hésitante. Vous l'avez depuis combien de temps?

— Deux ans à peine. Il est vrai qu'un peu d'entretien ne lui ferait pas de mal.

Sans plus attendre, la jeune femme s'installa derrière le volant.

— Ma vie est entre vos mains! s'exclama Gerald en la rejoignant à l'intérieur.

Il lui expliqua brièvement la position des vitesses et elle fit lentement démarrer le véhicule.

— Grâce à Dieu, il n'y a pas beaucoup de circulation, constata-t-elle en roulant à petite allure.

Arrivée à une intersection, elle dut s'arrêter pour consulter son compagnon.

— Vous faites un piètre copilote! Comment voulez-vous que je me retrouve dans cette jungle si vous ne m'indiquez pas le chemin à suivre?

— A gauche! répondit-il en simulant un sursaut.

Andrina conduisit pendant près d'une heure sous une chaleur accablante. Le véhicule soulevait derrière lui un épais nuage de poussière. Soudain, à la sortie d'un tournant, ils débouchèrent sur un vaste champ d'arbustes qui s'étendait à perte de vue, en épousant les ondulations du terrain. Une odeur de cannelle mélangée au parfum tenace du gingembre et de la muscade emplissait l'atmosphère.

Quand la jeune femme coupa le moteur, un grand silence s'abattit sur le paysage. Ils abandonnèrent la camionnette sur le bord de la route et s'en furent nonchalamment à travers la plantation. Andrina marquait de brèves haltes pour inhaler avec délices les senteurs des épices.

— Parfois, expliqua Gerald, par temps de vent fort, les marins se dirigent à l'odeur de ces plantes.

— C'est à peine croyable, soupira-t-elle. Et que d'efforts sans doute pour arriver à pareils résultats !

— Beaucoup de travail en effet. Mais des plus rentables. Les terrains volcaniques sont très fertiles.

— Cela doit tout de même exiger des soins considérables.

— C'est exact, et Prentice s'y entend comme personne. Il faut dire qu'il possède un sens inné du commandement.

Plus ils s'enfonçaient dans la végétation, plus les odeurs devenaient tenaces. Ils débouchèrent bientôt dans une vaste clairière aménagée pour stocker les produits des récoltes.

Une vieille femme vêtue de haillons, surgie d'on ne sait où, s'approcha à quelques mètres d'eux.

— Vous voulez que je vous montre des noix de muscade ? fit-elle d'une voix pleine d'espoir. Vous verrez, j'en trouve toujours de très belles.

Gerry lui fit signe de s'éloigner.

— C'est une mendiante, expliqua-t-il. Et Prentice n'approuve guère ces pratiques. Si au moins elle daignait arranger sa tenue et cesser de fumer, il lui procurerait certainement du travail.

— Mais elle semble malade, objecta Andrina.

— Pas le moins du monde. C'est une paresseuse, un point c'est tout. La vieille Hilda, comme on l'appelle au village, n'a pas travaillé un seul jour dans sa vie. Elle survit grâce à ses prétendus pouvoirs magiques. Les gens du pays font parfois appel à ses services. Mais éloignons-nous vite avant qu'elle ne nous jette un sort !

La vieille paysanne fouilla au fond de sa poche et en sortit une pipe en buis qu'elle entreprit de bourrer d'un mélange de feuilles séchées.

Gerald prit sa compagne par le bras et la conduisit jusqu'aux ateliers de séchage. Ils pénétrèrent dans une vaste grange où une douzaine de femmes étaient occupées à séparer les noix de leurs enveloppes. Andrina se montra fascinée par cet ouvrage insolite.

— Nous devrions rentrer, fit-elle après avoir jeté un coup d'œil inquiet à sa montre.

— Mais vous n'avez encore rien vu !

— Je préfère revenir un autre jour, il se fait tard.

Comme ils approchaient de la camionnette, ils perçurent de plus en plus distinctement le bruit de discussions agitées. Ils hâtèrent le pas et comprirent peu après l'objet de l'attroupement. La fourgonnette de Castaways, négligemment stationnée sur le bord de la route, obstruait le passage. En essayant de la dépasser, un véhicule avait glissé sur le bas-côté, et tout son chargement s'était déversé dans le fossé.

— Seigneur ! s'écria Gerald. Que s'est-il passé ?

Andrina prit une profonde inspiration.

— Nous avons simplement laissé la camionnette au beau milieu de la chaussée !

— Ne vous inquiétez pas, je vais arranger cela.

A cet instant, la jeune femme entrevit la silhouette d'Howard Prentice. Il avait pris la situation en main et donnait des ordres brefs et précis. La colère perçait dans sa voix coupante.

— Voilà une demi-heure que ce chariot s'est renversé, cria-t-il à l'adresse de Gerald. Cela heurte sûrement votre conception de la vie, mais sachez qu'en ce qui me concerne, le temps c'est de l'argent. Le chargement doit être embarqué avant la tombée de la nuit pour quitter le port à l'aube.

Puis, se tournant vers les paysans occupés à rétablir l'équilibre du chariot :

— Allez chercher deux planches et placez-les sous les roues. Plus vite !

Gerald s'installa au volant de son véhicule pour dégager le chemin. Andrina, au comble de la confusion, ne savait comment se rendre utile. Bientôt, le chariot fut hissé hors du fossé.

— Je suis navrée de ce qui vient de se passer, déclara la jeune femme à l'adresse du maître de Nettleton. Je n'aurais jamais imaginé pareille circulation à Flambeau.

— Ne vous inquiétez pas. Nous arriverons au port avant qu'il ne soit trop tard.

Comme Gerald s'approchait à pas lents, il le considéra d'un regard sombre.

— Avez-vous vérifié votre niveau d'eau ? Le débit semble diminuer à Nettleton.

— Pas ces derniers jours, mais nous n'avons aucun problème de ce côté-là. Tous les robinets coulent normalement.

— Si j'étais vous, je m'en inquiéterais davantage. La dernière fois que j'ai examiné votre source, elle m'a paru plutôt basse. Nous utilisons beaucoup d'eau à Nettleton. Si vous étiez à court, nous ne pourrions vous en fournir.

— Je ne vois pas pourquoi nous en arriverions là, fit Gerald, agacé par le ton de son interlocuteur. Nos besoins se limitent à la piscine, aux salles de bains et à la cuisine.

— Cela représente tout de même un volume considérable. Et il est hors de question que l'eau de Nettleton aille un jour alimenter la piscine et les baignoires des vacanciers de Castaways.

— Nous ferons le nécessaire, glissa Andrina pour mettre un terme à la tirade de Prentice. J'espère que vous n'avez pas changé d'avis pour notre croisière à la Barbade ?

Déjà Gerald s'éloignait à grandes enjambées et s'installait au volant de la camionnette. Il était visiblement hors de lui. La jeune femme salua précipitamment Howard et rejoignit le jeune intendant à l'intérieur du véhicule.

— Dépêchons-nous, fit-il d'une voix tendue. Nous n'avons plus beaucoup de temps…

— Plus beaucoup d'eau non plus, si Howard dit vrai ! Existe-t-il une autre source pour alimenter Castaways ?

— Non. Toutes appartiennent à Prentice. Les plantations exigent une irrigation constante. Le lavage des bananes également.

— Achetons-nous des fruits à Nettleton ?

— Parfois oui. Nous prenons surtout les régimes de bananes refusés par les marchands. Il arrive qu'un seul fruit soit abîmé. Il suffit de le retirer pour qu'il ne gâte pas les autres. Prentice nous les vend à un prix très intéressant.

— Et si nous passions jeter un coup d'œil à cette source, suggéra Andrina.

Gerald hocha silencieusement la tête, et, peu après, il engagea la camionnette sur une petite route sinueuse bordée de rochers. La source coulait à l'intérieur d'une petite caverne qui semblait faite pour la protéger du soleil.

— Elle est plus basse que d'habitude ! admit le jeune homme en plissant le front. Peut-être y a-t-il eu un éboulement de pierres de l'autre côté. Attendez-moi un instant, je vais voir.

Il disparut bientôt à un tournant du sentier. Andrina retourna s'asseoir dans le véhicule. Soudain, la tache bleu vif d'un corsage se mêla au feuillage d'un buisson. La jeune femme n'hésita pas un seul instant sur l'identité de son propriétaire.

— Salty ! appela-t-elle à plusieurs reprises.

Seul l'écho de sa propre voix lui répondit. Elle esquissa une grimace et se leva de son siège. Elle n'avait aucune envie d'entreprendre une partie de cache-cache avec la petite fille.

— Salty ! cria-t-elle à nouveau. Je sais que tu es là. Je te vois à travers les feuilles.

L'enfant daigna enfin apparaître. Elle tirait sa mule derrière elle.

— J'arrive, répondit-elle. Vous êtes seule ?

— Pour l'instant, oui. Gerald est allé vérifier le niveau d'eau. Il a considérablement baissé.

— Nous avons plein d'eau à Nettleton, fit Salty en s'asseyant aux pieds de son amie.

— Je sais, mais vous en avez besoin pour vos plantations.

La petite fille baissa la tête d'un air inquiet.

— Est-ce que vous partiriez s'il n'y avait plus d'eau ?

— Bien sûr que non ! La source aura bientôt retrouvé son débit normal.

— Venez, je vais vous montrer ma cachette, fit l'enfant en sautant lestement sur ses deux pieds.

— Une autre fois, Salty. Je n'ai pas le temps aujourd'hui.

— Vous viendrez la voir à notre retour de la Barbade ?

— Si tu veux.

— Mais c'est un secret. Personne ne doit savoir où elle se trouve, murmura-t-elle.

— Ne t'inquiète pas, je ne dirai rien.

— Il faut me le promettre ! Croix de bois, croix de fer !

— D'accord, je le jure.

100

— C'est là, dans les rochers. Mon père me l'a montrée un jour avant de partir.

A cet instant, la chevelure hirsute de Gerald surgit de derrière un buisson.

— Alors ? questionna Andrina, comme il saluait Salty et tapotait le dos de l'animal.

— Malheureusement, je n'ai remarqué aucun éboulement. On ne peut rien faire de plus.

— Vous n'avez qu'à demander de l'eau à Howard, conseilla la petite fille.

— C'est impossible, il refuserait.

Il l'aida à se remettre sur sa selle.

— Mais ce n'est pas grave, reprit-il dans un geste insouciant. Les choses ne tarderont pas à s'arranger.

Salty enfonça les talons dans les flancs de sa monture.

— Au revoir ! cria-t-elle en s'éloignant le long du sentier. A bientôt !

— Drôle de gamine ! fit Gerald d'un air songeur. Un curieux mélange du caractère de son père et de sa mère.

— Vous les avez bien connus ?

Il eut un haussement d'épaules.

— Au début, oui. Par la suite, Richard a interdit à sa femme de venir à Castaways.

— Interdit ? répéta Andrina, incrédule. C'est inconcevable de nos jours.

— Pas avec un homme comme Richard. Il voulait qu'elle fût la maîtresse de Nettleton, point final. Mais ce rôle ne semblait guère lui convenir.

— L'a-t-il aimée jusqu'à la fin ?

— Je crois.

Andrina eût souhaité poser mille autres questions sur la famille Prentice. Mais elle savait que Gerald n'appréciait guère ce genre de conversations.

Le lendemain matin, elle attendait sur la jetée l'arrivée de « L'Aigle des Mers ». Quand il vit apparaître la goélette, Gerald redressa la tête.

— Quel bateau ! s'exclama-t-il avec admiration. S'il y a une chose que j'envie à Prentice, c'est bien ce voilier. Regardez sa grâce...

— Si nous travaillions avec un peu plus d'ardeur, nous pourrions peut-être nous en offrir un, suggéra Andrina sans beaucoup de conviction.

— Cela coûte malheureusement une fortune. Nous pourrions en revanche nous acheter un nouveau canot. Celui-ci ne tardera pas à nous lâcher pour de bon.

Il considéra l'embarcation avec inquiétude.

— J'espère qu'il me conduira au moins jusqu'à Grenade. J'ai dix clients à ramener à l'hôtel...

Une barque s'approchait du rivage. Le maître d'équipage de « L'Aigle des Mers » ramait avec vigueur en direction de la plage. Prentice avait décidé d'attendre sur le pont. Salty quant à elle trépignait de joie et adressait de grands signes d'amitié à la jeune femme.

— Cela fait plaisir de voir qu'au moins un membre de la famille Prentice est heureux de m'accueillir à bord, dit Andrina en se hissant dans la barque.

— Cette gamine vous a prise en affection, répondit Gerald. Prenez garde qu'elle n'accapare pas tout votre temps. Et surtout ramenez-nous Mme Spiller !

— Je vais essayer, soupira-t-elle. J'ai hâte de la voir de retour parmi nous.

— Dépêchez-vous ! Nous allons lever l'ancre ! cria Salty à Andrina en l'aidant à monter sur le pont de la goélette.

— Elle est très excitée aujourd'hui, expliqua Howard. Hier soir encore, je n'étais pas certain de l'emmener avec nous à la Barbade.

— Avait-elle encore de la fièvre ?

— Non, elle va beaucoup mieux. Mais elle m'avait désobéi. Je lui avais pourtant bien recommandé de ne pas s'éloigner dans les montagnes.

— Je l'ai rencontrée près de notre source. Je ne pensais pas qu'on lui avait interdit d'y venir...

Salty menait sans doute une existence un peu trop libre pour son âge. Pourtant, Andrina craignait qu'Howard ne vînt à se montrer trop sévère à son égard...

Ils ne tardèrent pas à lever l'ancre, et la goélette prit peu à peu de la vitesse. Le ciel était d'un bleu limpide et seules de minces vaguelettes venaient plisser la surface paisible de la mer.

Salty engagea une grande conversation avec la jeune femme tandis qu'Howard aidait son second à tendre la grand voile.

— Vous serez mieux si vous retirez vos sandales, confia la petite fille. Vous verrez, vous sentirez la chaleur du pont sous vos pieds. Rangez-les derrière le mât pour qu'elles ne glissent pas. Howard se fâche chaque fois que quelque chose traîne sur le pont.

Andrina s'exécuta docilement. Quelques instants plus tard, Howard s'asseyait à leurs côtés. Il avait lui aussi retiré ses chaussures et ses cheveux flottaient dans la légère brise qui balayait le pont.

— C'est un temps idéal pour naviguer, dit-il. Juste ce qu'il faut de vent.

— Vous aimez beaucoup votre bateau, n'est-ce pas ? Si vous aviez le choix, je suis persuadée que vous y passeriez votre vie entière.

Il réfléchit un instant.

— J'apprécie trop mon existence à Flambeau pour y renoncer aussi facilement.

— Vous consacrez tous vos efforts à la prospérité de votre domaine, et quand l'envie vous en prend, vous fuyez sur « l'Aigle des Mers »...

— C'est un peu cela, reconnut-il tout en remplissant sa pipe d'un tabac aromatique. Si un jour j'étais obligé de quitter Flambeau, je ne serais pas totalement démuni. Il me resterait encore la possibilité d'organiser des croisières, comme autrefois.

Il étira les jambes et s'allongea de tout son long sur un banc de bois blanc. Il soupirait d'aise et arborait un air si satisfait qu'Andrina ne put réprimer un sourire. Il semblait si différent de l'homme exigeant et travailleur qu'il s'efforçait d'être à Nettleton !

— Vous voyez, là-bas, expliqua-t-il en pointant l'index de sa main droite, c'est l'île de Mustique. Et plus au nord, on peut apercevoir Becquia. Ce pic rocheux, c'est la soufrière de Sainte-Lucie. Elle s'enflamme de temps à autre, mais ce n'est jamais très sérieux. Toutes les Antilles sont plus ou moins volcaniques.

Andrina s'appuya contre le grand mât.

— Chaque jour, je découvre de nouvelles merveilles. J'ai l'impression que je pourrais rester ici tout le reste de mes jours. C'est un véritable paradis.

Howard resta un long moment silencieux.

— Rien n'est parfait, malheureusement, reprit-il soudain. Si vous décidez de vous installer à Flambeau, vous constaterez que les Caraïbes ne sont pas aussi enchanteresses qu'elles le paraissent à première vue. Il y a parfois des cyclones d'une violence inimaginable. Des tempêtes meurtrières. Elles ne durent généralement que quelques jours. Mais elles détruisent tout sur leur passage. Nous devons nous accommoder de ces caprices de la nature. Ce n'est pas toujours facile.

— Notre montagne, c'est un vrai volcan, annonça gravement Salty. Et dedans il y a des démons qui crachent le feu.

Elle avait prononcé ces derniers mots, d'une voix tremblante. Howard la regarda, les sourcils froncés.

— Il n'y a pas de démons dans la montagne,

Salty, expliqua-t-il avec douceur. Tu n'as pas besoin d'avoir peur.

— Si, s'obstina-t-elle, il y a les démons du feu. Et ils sont très méchants.

Il n'insista pas et s'efforça de changer le fil de la conversation.

— Et si tu montrais à Andrina comment on prépare le chocolat chez nous. Le cacao qu'elle boit en Angleterre est un peu différent.

La petite fille entraîna son amie dans la cabine. Elle entreprit aussitôt de dissoudre un gros morceau de chocolat dans de l'eau chaude. Ensuite, elle y mélangea avec précaution du sucre brun qui provenait des raffineries de Nettleton.

— Voilà, c'est prêt ! s'écria-t-elle gaiement.

Elle sortit quatre tasses de grès et y versa soigneusement le liquide brûlant.

— Nous pourrions peut-être prendre des biscuits, suggéra-t-elle d'une voix timide.

— Il faut que tu demandes la permission à Howard, répondit Andrina. S'il accepte, tu redescendras chercher la boîte.

— J'adore les biscuits, mais je n'ai pas le droit d'en manger très souvent. Seulement quand nous recevons des passagers à bord.

— Aujourd'hui, Howard fera peut-être une exception.

— Exception ? Qu'est-ce que cela veut dire ?

— C'est quelque chose d'inhabituel, expliqua la jeune femme. Quelque chose de différent.

— De mieux ?

— Humm... la plupart du temps, oui.

A cet instant, Howard les rejoignit pour se charger du plateau.

— Biscuits ? proposa-t-il aussitôt.

Le visage de Salty s'illumina d'un sourire épanoui.

— Je vais les prendre, je sais où ils sont.

Howard et Andrina regagnèrent le pont.

— C'est curieux de voir comme les enfants sont serviables dès qu'ils ont envie de quelque chose, constata-t-il dans un rire joyeux.

Déjà Salty remontait de la cabine. Elle s'empara aussitôt d'une tasse et, d'une démarche à peine troublée par le roulis, courut vers Parson.

— Salty et Parson sont les meilleurs amis du monde, commenta Howard. Ils feraient tout l'un pour l'autre. Elle ne lui épargne aucun de ses caprices. Je suppose que toutes les femmes sont ainsi.

— Vous avez une bien piètre opinion de nous, observa Andrina. Croyez-vous que nous ne donnions jamais rien en retour ? Nous ne sommes pas aussi ingrates que vous semblez le penser.

Elle comprit trop tard que sa remarque ravivait chez son interlocuteur des souvenirs encore pénibles. Elle tenta de se rattraper avec une fausse désinvolture.

— Ces généralités doivent vous paraître stupides. Les femmes sont si différentes les unes des autres... et si imprévisibles... humm... ce chocolat est délicieux.

Salty revenait sur ses pas en leur tendant la boîte de biscuits.

— Quand vous aurez choisi, je pourrai peut-être en offrir un autre à Parson ?

— Il n'en est pas question, décréta Howard en dissimulant un sourire. Il n'aurait plus faim pour le déjeuner.

— Andrina va-t-elle préparer à manger ? questionna-t-elle en s'installant sur le sol, sa tasse de chocolat entre les jambes.

— Je le ferais avec plaisir, fit immédiatement la jeune femme. Ce serait un excellent moyen de me rendre utile...

— Avez-vous l'intention de vous acquitter du prix de la traversée ? intervint Howard.

— Ce n'est pas ce que j'ai voulu dire. Je désire seulement vous remercier de votre gentillesse.

— Vous allez finir par me mettre dans l'embarras. Après tout, ma « gentillesse » n'est pas complètement désintéressée. J'ai besoin de votre aide. J'étais sérieux quand je vous ai parlé de la nouvelle garde-robe de Salty. Je voudrais aussi lui acheter un dictionnaire et quelques livres.

Andrina passa une heure à préparer le déjeuner, en essayant de suivre à la lettre les instructions de Salty.

— Howard aime les plats très épicés, expliquait-elle. Parfois, il mange des currys. C'est très fort... Est-ce que je peux verser la sauce maintenant ?

Peu après, elles remontaient sur le pont et invitaient Howard et Parson à les rejoindre autour du plateau. Le repas se déroula dans une ambiance détendue et chaleureuse.

A la fin du déjeuner, Salty commença à s'assoupir.

— Et si tu allais faire une petite sieste ? suggéra Andrina. Je vais te mettre au lit.

— C'est inutile, coupa Howard. Elle dort généralement n'importe où.

— Elle serait tout de même mieux dans sa cabine.

— Si vous insistez...

Quand elle quitta la chambre de l'enfant, la jeune femme constata que toute la vaisselle avait été nettoyée. Howard se tenait à la barre.

— Combien de temps comptez-vous rester à la Barbade si votre tante ne peut rentrer à Castaways ?

Elle le considéra avec anxiété.

— Pensez-vous qu'elle doive prolonger son séjour à Bridgetown ?

— Je l'ignore. Je sais seulement qu'elle a besoin

de beaucoup de repos. Si les médecins la retiennent loin de Castaways, je crains qu'elle ne s'inquiète de la bonne marche de l'hôtel.

Andrina approuva d'un léger signe de tête.

— Cet hôtel représente beaucoup pour elle. J'espère que son état de santé ne l'obligera pas à l'abandonner...

Il l'observa avec étonnement.

— Elle vous a sûrement dit qu'elle vous le léguait...

La stupeur la laissa bouche bée.

— Nous n'en avons jamais parlé, articula-t-elle après un temps. Je m'étonne que vous ayez pu l'apprendre.

— Je lui ai proposé de l'acheter.

— Oh! C'était donc vrai... Vous n'avez d'autre ambition que de vous rendre totalement maître de Flambeau! Eh bien sachez que je m'opposerai à votre volonté aussi longtemps que j'en aurai le pouvoir.

— Je pourrais faire un bien meilleur usage de ces terres, dit Howard d'une voix sourde.

— Castaways n'est pas à vendre. Ma tante vous l'a déjà dit. Rien ne nous fera changer d'avis.

Le cœur serré par une indicible tristesse, Andrina se perdit dans la contemplation du paysage. Pourquoi avait-il fallu que Prentice vint rompre le charme de cette merveilleuse journée?

Ce fut avec soulagement qu'elle vit « L'Aigle des Mers » entrer dans la rade de Bridgetown.

5

Howard et Parson guidèrent la goélette dans le petit port. Cette manœuvre était pour eux si familière, qu'en moins d'un quart d'heure « L'Aigle des Mers » était solidement amarré à la jetée, près d'un yacht somptueux qui parut faire une grande impression sur la petite fille.

— Tu ne trouves pas qu'il est splendide, Parson ? Mais je parie qu'il ne navigue pas aussi bien que le nôtre...

— Sauras-tu un jour reconnaître les qualités des choses qui ne t'appartiennent pas ? glissa Howard d'un ton faussement sévère.

Puis se tournant vers Andrina :

— Cette jeune demoiselle émet des jugements relativement péremptoires. Vous vous en apercevrez en faisant le tour des magasins avec elle... si vous êtes toujours d'accord pour l'accompagner !

— Bien sûr. Nous aurons demain tout le temps nécessaire.

Il hocha la tête dans un sourire.

— Je crois que je ferais mieux de vous conduire au plus tôt à Saint Thomas. Si vous ne trouvez pas à vous loger dans l'hôtel de Mme Spiller, revenez passer la nuit sur « L'Aigle des Mers ». Je peux vous offrir une cabine confortable. Salty serait ravie de vous garder près d'elle.

Quand ils trouvèrent un taxi à la sortie du port, le soleil commençait déjà à disparaître à l'horizon. Les ombres de la nuit engloutissaient peu à peu les collines qui entouraient la ville comme pour la protéger. Dans le centre de Bridgetown, les rues fourmillaient d'une multitude de travailleurs regagnant en hâte leur logis. Bientôt, il ferait noir, et seules les étoiles scintilleraient au-dessus de leurs têtes.

Le chauffeur engagea le véhicule dans une étroite allée recouverte de sable. Peu après, l'hôtel surgissait de l'ombre. Il ressemblait à s'y méprendre à Castaways : ses murs disparaissaient presque entièrement sous un rideau de feuillages et une vaste terrasse entourait le bâtiment principal. La différence essentielle résidait dans l'entretien méticuleux dont Wateredge semblait faire l'objet. A la lueur des réverbères, Andrina distingua des haies taillées avec soin et des parterres de fleurs admirablement composés.

Dès leur arrivée, ils furent conduits dans un vaste appartement situé au rez-de-chaussée et ouvrant sur un agréable patio. Isabelle semblait s'être absentée pour un moment. Ils décidèrent de l'attendre dans le salon. La pièce baignait dans le halo diffus d'une petite lampe au chapeau de raphia et au pied exclusivement formé de coquillages. Sa lumière se reflétait sur les murs ornés de tapisseries colorées.

Salty s'empressa de faire le tour du propriétaire.

— Il n'y a personne ! annonça-t-elle en regagnant le salon.

Howard indiqua à Andrina un fauteuil de rotin.

— Voulez-vous vous asseoir, ou préférez-vous faire un tour sur la plage ?

Le bruit régulier des vagues qui venaient se fendre sur le rivage emplissait l'atmosphère.

— Je préfère attendre ici, répondit la jeune femme. Tante Isabelle n'a pas dû aller bien loin.

— Elle aime beaucoup cet endroit. Sans doute parce qu'il ressemble à Castaways… Et puis elle a plus d'autonomie que dans un hôtel ordinaire.

— Prépare-t-elle ses repas elle-même ?

— Si elle en a envie. Elle peut aussi se les faire servir dans sa chambre. Je crois que vous n'avez pas à vous inquiéter, votre tante ne risque rien ici.

Avant qu'Andrina ait pu s'installer dans le fauteuil qu'Howard venait de lui indiquer, Isabelle faisait son entrée dans l'appartement. Elle était si souriante et paraissait si détendue que les craintes de la jeune femme s'évanouirent en un éclair.

— Je suis désolée de vous avoir fait attendre. J'avais un rendez-vous à l'hôpital et les infirmières ont insisté pour que j'assiste à la séance de relaxation. Elles sont toujours pleines d'attention à mon égard.

— Je suis heureuse de constater que tu as repris quelques couleurs, dit aussitôt Andrina. Peut-être pourras-tu rentrer à Castaways avec moi ?

La vieille dame se montra sceptique.

— Je crois qu'il me faudra rester ici encore une semaine ou deux. Les médecins disent que j'ai besoin d'un traitement doux et progressif.

Elle se tourna aussitôt vers Howard.

— Je vous remercie de m'avoir amené Andrina, fit-elle dans un sourire reconnaissant. C'est vraiment très aimable de votre part.

— J'avais de toute manière l'intention de venir à la Barbade. Salty n'a pas subi de bilan de santé depuis longtemps. Demain, je l'emmènerai à l'hôpital.

Isabelle tendit à la petite fille une boîte de chocolats.

— Sers-toi, Salty. Ils sont au caramel, je suis sûre que tu les aimeras.

Salty ouvrit de grands yeux.

— Je peux ? demanda-t-elle à son oncle. Je sais que ce n'est pas très bon pour la santé mais…

— Un chocolat de temps à autre ne peut te faire beaucoup de mal.

La petite fille se servit avec maintes précautions.

— Etes-vous ici pour longtemps ? questionna Isabelle à l'adresse de Prentice. Je n'aurais jamais pensé que vous puissiez quitter Nettleton aussi facilement à cette époque de l'année.

— J'ai un excellent intendant. Et le travail sur le port touche à sa fin.

— Votre organisation est irréprochable, fit-elle d'une voix sincère. Parfois je vous envie.

— Notre situation n'est guère comparable, répondit Howard en s'installant dans un profond canapé.

— Vous êtes si… efficace… Jamais je n'arriverai à vous égaler sur ce point.

Il la considéra d'un regard plein de bonté.

— Quand votre traitement sera terminé, serez-vous heureuse de rentrer à Flambeau ?

— Castaways est ma véritable demeure. Je ne pourrais imaginer de vivre ailleurs que dans mon île. A propos, Drina, où vas-tu dormir pendant ton séjour à Bridgetown ?

— Elle peut venir sur « L'Aigle des Mers », lança précipitamment Salty.

— Et quel est votre programme pour demain ?

— Andrina m'a promis son concours pour l'acquisition de la nouvelle garde-robe de Salty. Elle est certainement plus qualifiée que moi en la matière.

— L'hôtel est complet, soupira Isabelle. Je crois qu'Andrina ferait mieux d'accepter votre proposition et de passer la nuit à bord de votre bateau. J'espère que vous dînerez tous les trois avec moi ce soir, ajouta-t-elle d'une voix chargée d'espoir.

Howard marqua une légère hésitation.

— Nous ne voudrions pas vous faire veiller trop tard. Vous devez être fatiguée...

— Une fois n'est pas coutume. Et le dîner est servi relativement tôt ici.

Le jeune homme se laissa fléchir sans beaucoup de difficulté, et, quand ils prirent place autour de la table de restaurant, ils étaient tous d'une humeur joyeuse et détendue.

Salty composa elle-même son menu, après avoir longuement examiné la carte, feignant de savoir lire aussi bien que les grandes personnes qui l'entouraient.

— Des crevettes ! s'exclama-t-elle d'un air satisfait en reconnaissant quelques-unes des lettres inscrites sous ses yeux. Avec de la crème !

Andrina se demanda qui avait bien pu commencer à lui enseigner l'alphabet. Howard s'occupait-il davantage de son instruction qu'il ne le laissait paraître ?

Le son d'une mélodie lointaine monta peu à peu à leurs oreilles. Bientôt ils aperçurent sur la plage une étrange procession. Un groupe d'hommes avançait lentement sur le sable, des torches à la main. Ils étaient précédés par une multitude de danseurs exécutant les pas traditionnels de la région.

Salty parut fascinée par ce spectacle inattendu.

— Vous croyez qu'ils vont venir jusqu'ici ? s'enquit-elle les yeux brillants d'excitation.

— Cela ne fait aucun doute, répondit Isabelle dans un petit rire joyeux. Ils font la tournée des hôtels de l'île pour distraire les visiteurs.

Peu après, la troupe de musiciens encerclait leur

table. Comme à leur habitude, ils improvisèrent une petite chanson :

> « Petite demoiselle
> si belle
> La mer n'est pas si bleue
> Que le bleu de tes yeux
> Petite demoiselle
> si belle
> Le soleil est radieux
> Comme l'or de tes cheveux »

Salty, à qui la ritournelle était adressée, ne dissimula en rien sa fierté.

— Vous avez vu ! hurla-t-elle au comble de la joie. Ils ont bien vu que je n'étais pas un petit garçon !

L'orchestre s'éloigna lentement pour aller s'installer sur la terrasse. Plusieurs couples les suivirent et se mirent à danser. Andrina était subjuguée par le charme exotique de cette soirée. Quand Howard l'invita à rejoindre les autres danseurs, elle ne fut pas même surprise par cette démonstration de galanterie si surprenante de la part d'un homme comme Prentice.

Il lui prit la main et l'entraîna sur la piste. Là, il approcha son corps musclé contre la frêle silhouette de la jeune femme. C'était un excellent cavalier, faisant preuve de beaucoup de grâce et d'aisance. Elle en ressentit un vif étonnement. Où avait-il pu apprendre à se mouvoir de la sorte ?

Mais bientôt, elle laissa là toutes ses questions pour mieux s'abandonner au plaisir de danser entre ses bras, au son mélodieux des guitares et des banjos et au rythme trépidant des tambours. Sans souffler mot, ils évoluaient tous deux dans un univers merveilleux, loin de Flambeau et des conflits insolubles de la petite île.

Quand les musiciens posèrent leurs instruments,

Howard entraîna sa compagne à l'extrémité de la terrasse, vers une rambarde qui surplombait l'océan. L'éclat de la lune teintait les vagues de mille reflets argentés.

Andrina considéra Howard d'un air songeur. A la pâle lueur des étoiles, il semblait un autre homme, très éloigné de l'être farouche et solitaire qu'elle connaissait.

— A quoi songez-vous ? questionna-t-il en surprenant le regard perplexe de la jeune femme.

— A vous.

Il était inutile de mentir. Les yeux bleus du jeune homme cherchaient la vérité.

— Vous êtes très différent ce soir, continua-t-elle. Je vous trouve plus aimable, plus civilisé...

— Parce que j'ai autorisé Salty à veiller plus tard que de coutume ?

— Il ne s'agit pas de Salty, répondit Andrina. Je... je pensais simplement que vous devriez vous détendre un peu plus souvent. Cela vous ferait sans doute le plus grand bien.

— Vous avez raison, avoua-t-il en toute franchise. Mais à Nettleton ce n'est guère facile... Que me suggérez-vous ?

— Je ne connais pas suffisamment votre mode de vie pour émettre une quelconque opinion mais... j'ai l'impression que le travail occupe toutes vos pensées. On dirait que vous vous êtes fixé une mission et qu'il vous faut l'accomplir à tout prix. Même au détriment de votre santé et de vos loisirs.

Il resta silencieux pendant quelques instants.

— Vous n'avez pas tort de faire allusion à cette « mission ». Mais il n'y a pas que cela. Quand je me consacre à mon domaine, je n'éprouve absolument pas le besoin de me distraire. Nettleton est toute ma vie.

Il avait parlé d'un ton grave, comme s'il ne

permettait à personne de mettre en doute ses affirmations.

— Auriez-vous la prétention de vous suffire à vous-même ?

— Dans la mesure du possible. Andrina, j'ai la volonté d'assurer à Salty la sécurité matérielle qui la mettra à l'abri du besoin. Dès son plus jeune âge, elle a été privée de l'amour et de l'affection de ses parents. Je veux faire tout ce qui est en mon pouvoir pour que jamais elle n'ait à en souffrir.

— Tout ce que vous pouvez lui donner, tout l'argent du monde ne remplacera jamais l'amour d'un père ou d'une mère.

— Je sais. Quand je vous ai accusée de chercher à provoquer une demande en mariage, je ne pensais pas seulement à moi mais à Salty également. Mais puisque nous n'envisageons ni l'un ni l'autre une telle éventualité, le sujet est clos.

Un trouble étrange envahit la jeune femme.

— Vous ne parliez pas sérieusement, protesta-t-elle d'une voix tremblante. Vous ne faisiez que vous venger de mon ton un peu... catégorique.

Il ne fit rien pour la contredire. Les couples envahissaient de nouveau la piste de danse, et les premières notes d'une douce mélodie rompirent le silence pesant qui s'était instauré entre eux.

Bientôt, deux hommes s'insinuèrent au centre de l'espace occupé par les danseurs. Ils s'écartèrent de quelques pas et placèrent une longue perche sur leurs épaules. A cet instant, un de leurs compagnons tout de rouge vêtu, entreprit une cascade de pirouettes époustouflantes autour d'eux. Il se plaça ensuite sous la barre, s'efforçant d'éviter par des contorsions d'une étonnante souplesse, que le morceau de métal n'entrât en contact avec sa peau. Plus les deux hommes baissaient la perche, plus il se penchait en arrière sur ses talons, le dos frôlant le sol comme pour s'y enfoncer.

— C'est impossible ! murmura Andrina. Il ne peut pas descendre plus bas !

Alors, un nouveau danseur apparut. Il alluma une torche et la plaça au centre de la piste. Ce geste eut pour effet de tirer Howard de son émerveillement. Il saisit fermement le bras de sa compagne et l'entraîna à vive allure vers la table qu'ils avaient occupée pendant le dîner. Elle était vide.

— Ma tante a dû conduire Salty dans son appartement, fit Andrina sans comprendre la folle inquiétude qui se lisait sur le visage du jeune homme. Mais que se passe-t-il ? Que craignez-vous ?

— Je ne sais vraiment pas où j'ai la tête ce soir. Nola a péri dans un incendie et Salty a assisté au sinistre. Elle en a conservé une véritable panique du feu.

— Tante Isabelle saura s'occuper d'elle. Ne vous inquiétez pas !

— Vous avez sans doute raison. Mais je crois qu'elle serait tout de même plus rassurée si je me trouvais à ses côtés.

Isabelle les attendait dans le patio. Elle porta un doigt à sa bouche pour les inviter à se taire. Salty courut se réfugier dans les bras de son oncle. Il la serra tendrement contre sa poitrine avant de lui parler d'un ton qu'il voulait anodin :

— Eh bien ! As-tu essayé de t'enfuir avec Mme Spiller ? Je t'ai cherchée partout !

La petite fille considéra Andrina d'un œil suppliant.

— Vous allez venir dormir sur « L'Aigle des Mers », n'est-ce pas ?

La jeune femme interrogea sa tante du regard.

— Je crois que ce serait la meilleure solution. Le patron de l'hôtel n'apprécie guère que nous logions des amis de passage à Bridgetown. Demain après-midi, vous irez faire les magasins, comme convenu, puis vous viendrez dîner en ma compagnie. Il n'y aura malheureusement plus de musiciens. Le groupe ne vient qu'une fois par semaine...

Le visage de Salty sembla s'égayer soudain. Elle agrippa avec force la main d'Andrina.

— Je vous en supplie, venez avec nous, insista-t-elle. Je peux vous laisser ma cabine si vous voulez.

— Nous nous arrangerons sans avoir à te priver de ta chambre, intervint Howard en passant une main dans les cheveux de la petite fille. Maintenant il faut dire au revoir à Mme Spiller et la remercier pour ce délicieux repas.

L'enfant serra tendrement la vieille dame entre ses bras.

— Merci, dit-elle. Je suis désolée d'avoir pleuré.

— Cela arrive à tout le monde, répondit Isabelle après lui avoir déposé un baiser sur le front. A demain, Salty et... prends bien soin d'Andrina !

— Nous pourrions peut-être aller au parc ? suggéra-t-elle, totalement remise de ses émotions. Et puis après...

— Elle a déjà préparé tout son programme de la journée, expliqua Howard. Mais je ne vous conseille pas de visiter le parc. Allez plutôt au musée, il renferme une foule d'objets insolites... Enfin, pour l'instant, il nous faut songer à regagner le port.

Il prit la main de Salty.

— Nous vous attendrons dans le taxi, Andrina. Au revoir, madame Spiller.

Quand ils eurent refermé la porte derrière eux, Isabelle considéra sa nièce avec une rare attention.

— Il s'est montré vraiment très aimable ce soir. Je me demande pourquoi...

— Penses-tu qu'il obéisse à quelque dessein précis ? demanda Andrina d'une voix étranglée.

— C'est en tout cas l'avis de Gerry, répondit la vieille femme, songeuse. Il se méfie de Prentice et affirme qu'aucun de ses actes n'est gratuit. Il faut avouer que le comportement de ton ami rend toutes les suppositions possibles. Ainsi, après le départ de Richard, il a mis la main sur Nettleton avec une rapidité pour le moins surprenante...

— Et il a obtenu des résultats non moins étonnants. Je crois que vous le soupçonnez à tort. Il n'agit que dans l'intérêt de Salty. Je ne connais pas son frère, mais je ne peux m'empêcher de penser qu'en abandonnant son enfant, il a fui ses responsabilités.

— Gerry prétend qu'il reviendra un jour. J'en doute.

— Pauvre enfant! soupira Andrina. Qui sait si elle mènera un jour une existence normale!

— Elle a l'air parfaitement heureuse, observa Isabelle. Jusqu'au jour où elle devra aller à l'école et se conformer à la vie des petites filles de son âge...

— Pour l'instant, Howard ne semble guère résolu à satisfaire cette exigence.

— Peut-être parviendrais-tu à l'en convaincre? Salty est folle de toi. Je suis sûre que tu arriverais à la rendre plus docile. Elle est encore si... farouche.

La jeune femme haussa les épaules en signe d'incertitude et jugea préférable d'aborder un autre sujet.

— Désires-tu que je retourne à Castaways pour seconder Gerry?

— Je serais plus tranquille. J'ai toujours pensé qu'il avait besoin de quelqu'un pour le diriger.

Andrina hocha la tête.

— Je partage ton opinion.

— Que penses-tu de lui? Je crois que cet homme pourrait te rendre heureuse.

La jeune femme se raidit imperceptiblement.

— Je n'ai besoin de personne pour vivre heureuse, tante Isabelle. Et je ne suis pas du tout préparée au mariage.

— Je sais que tu n'as pas encore surmonté ta récente désillusion. Mais tu verras, tu tomberas amoureuse de nouveau. Tu es jeune et belle. Il est vrai que tu as tout ton temps. Mais j'aimerais tant te voir construire un foyer…

Andrina enroula un châle de soie autour de ses épaules.

— Nous aurons l'occasion de reparler de tout cela dès ton retour à Castaways, dit-elle pour mettre un terme à cette discussion.

Sur ces mots, elle prit congé de la vieille dame. Howard et Salty l'attendaient dans un taxi. La petite fille, épuisée par cette longue journée, s'endormit bien avant leur arrivée au port.

Quand son compagnon eut déposé l'enfant sur sa couchette, Andrina enfila un pyjama sur le petit corps ensommeillé.

— Elle a vraiment besoin de nouveaux vêtements, fit-elle observer avant de refermer la porte de la chambre. Plus rien ne lui va.

Son hôte acquiesça silencieusement.

— Je vais vous montrer votre cabine, fit-il après un temps. Ensuite vous accepterez peut-être de prendre un dernier verre sur le pont ?

— Avec plaisir, répondit-elle en jetant encore un coup d'œil sur la petite fille endormie. Je crois que sa fièvre est complètement tombée, vous savez.

— Nous verrons cela demain. Vous pourriez en profiter pour demander un entretien avec le médecin de votre tante…

— J'en ai bien l'intention.

— Voici votre couchette, dit-il en s'arrêtant devant une confortable cabine. J'espère que vous y passerez une bonne nuit.

Elle comprit aussitôt qu'il lui cédait sa propre chambre.

— Mais où allez-vous dormir ?

— Ne vous inquiétez pas pour moi.

Howard passa dans la cuisine et prépara deux verres de liqueur. Puis ils montèrent sur le pont et s'assirent silencieusement près du grand mât. Seul le clapotis des vagues contre la coque de la goélette venait rompre la paix de la nuit étoilée.

Au souvenir de la merveilleuse journée qu'elle venait de vivre, Andrina se sentit envahie d'une profonde gratitude envers son compagnon. Soudain, les paroles de sa tante résonnèrent comme un écho dans son cerveau. Depuis leur départ de Flambeau, Howard se montrait singulièrement prévenant à son égard. Qu'espérait-il au juste ? Troublée par cette pensée, elle se leva prestement.

— Je vais me coucher, annonça-t-elle. La journée de demain sera sans doute éreintante.

Il l'accompagna jusqu'à l'extrémité du pont.

— Je dors profondément le matin, ajouta-t-elle avant de prendre congé. Auriez-vous la gentillesse de me réveiller ?

— Je crois que Salty s'en chargera, fit-il dans un large sourire. Elle se lève généralement aux aurores... Bonne nuit !

Andrina rejoignit sa cabine. C'était une pièce spacieuse et confortable aménagée de deux couchettes. L'une d'elle avait été préparée à son intention. Elle se coula rapidement entre les draps de coton, attentive aux pas qui résonnaient encore au-dessus de sa tête. Howard avait sans doute l'habitude de passer de longues soirées, seul sur le pont de son navire.

6

Le lendemain matin, Salty fit une irruption tapageuse dans la cabine de son amie.

— Il est tard! annonça-t-elle aussitôt. Mais Howard a dit que cela n'avait pas d'importance...

Ses yeux s'écarquillèrent à la vue de la chemise de nuit d'Andrina.

— Comme elle est jolie! s'exclama-t-elle. Vous l'avez achetée à Bridgetown?

— Non, en Angleterre. Il y a très longtemps... Peut-être pourrons-nous t'en trouver une semblable.

— Pour quoi faire?

— Pour remplacer tes pyjamas. Mais qu'est-ce qui te ferait plaisir?

— Quelque chose pour ma mule, fit-elle après un moment de réflexion.

— Non, je voulais parler de vêtements pour toi.

— Oh! soupira la petite fille. Un pantalon et... je ne sais pas moi, des tricots...

— Que dirais-tu d'une jolie robe?

Elle fit une légère grimace.

— C'est pas très commode pour monter sur un âne!

Andrina se glissa hors de sa couchette et enfila l'ensemble blanc qu'elle avait décidé de porter pour sa première visite à Bridgetown.

— Le blanc est très salissant, observa l'enfant en la regardant s'habiller.

La jeune femme fut amusée par cette remarque.

— Cela dépend des circonstances. Pour se promener en ville, c'est parfait... Allez viens, si nous ne montons pas sur le pont, Howard va se demander où nous sommes passées.

Quand elles sortirent de la cabine, l'odeur appétissante du bacon flatta leurs narines. Elles trouvèrent Howard dans le salon, attablé devant un copieux petit déjeuner.

— Je suis désolée, s'excusa aussitôt Andrina. Je me suis réveillée très tard.

— Vous dormiez profondément quand je suis passé vous voir à sept heures ce matin, fit-il brièvement. Je n'ai pas eu le cœur de vous tirer de votre sommeil.

La jeune femme se sentit rougir : elle avait complètement oublié de fermer à clef la porte de sa chambre.

— C'est sans doute cette liqueur de cacao qui m'aura assommée hier soir...

Il rit joyeusement et leur servit le bacon et les tomates frites. Andrina mangea avec appétit.

— A quelle heure ouvrent les magasins ? interrogea-t-elle en étalant un morceau de beurre sur son toast grillé.

— Environ dix heures, je pense.

— Je crois que Salty se laisserait tenter par l'achat d'une robe. Elle pourrait la porter pour les grandes occasions...

— Les « grandes occasions » sont rares à Flambeau. A moins que vous n'ayez l'intention d'organiser des réceptions à Castaways.

— Je n'y avais pas encore songé. Ce genre de manifestations paraîtrait sans doute un peu déplacé sur notre île, ne croyez-vous pas ?

— Il vous faudra trouver des distractions si vous avez résolu de vous établir à Flambeau.

— Je resterai tant que ma tante ne sera pas en mesure de reprendre ses activités normalement.

Howard se cala dans un confortable canapé pour terminer son café.

— Ce traitement lui fera certainement le plus grand bien. Je l'ai trouvée plus détendue hier soir.

— J'attends le diagnostic du médecin, dit-elle en repoussant son plateau. Lui seul pourra me rassurer sur son état de santé.

— Je suis prête ! annonça Salty d'une voix forte, tout en s'essuyant la bouche du revers de la main. On y va ?

Howard lui tendit une serviette de table.

— Si tu veux un jour ressembler à une vraie dame, il faudra que tu perdes ces mauvaises manières, expliqua-t-il dans un sourire moqueur.

Ils quittèrent « L'Aigle des Mers» et se dirigèrent d'une démarche tranquille vers le centre ville. La petite fille paraissait beaucoup plus intéressée par le spectacle des superbes yachts qui peuplaient le port que par la perspective de s'enfermer dans les magasins. Elle tirait sans cesse son oncle par la manche pour l'entraîner vers les quais. Howard, impassible, poursuivait son chemin.

— Quand vous aurez terminé vos achats, je vous emmènerai au restaurant. Je prendrai un rendez-vous pour vous avec le spécialiste.

Andrina fut déçue d'apprendre qu'il ne les accompagnerait pas dans les boutiques de la petite ville. Sans doute jugeait-il cette occupation trop féminine pour daigner s'y soumettre…

Salty saisit la main de la jeune femme.

— Nous pourrions manger une glace avant le déjeuner ! Cela ne nous couperait sûrement pas l'appétit.

Ils bifurquèrent dans la rue principale et Howard indiqua à Andrina l'endroit où il les attendrait pour le déjeuner. Un soleil éblouissant inondait les rues de Bridgetown.

— Achetez-lui un chapeau, suggéra-t-il. Je ne voudrais pas qu'elle attrape une nouvelle insolation !

— J'en ai déjà un ! protesta la petite fille en exhibant un vieux bonnet tout déchiré.

Howard s'esclaffa.

— Je crois qu'il est temps de le remplacer !

Il sortit un portefeuille de la poche de son pantalon.

— Vous aurez besoin d'argent, ajouta-t-il en tendant à Andrina une liasse de billets.

Pour une raison qu'elle ne parvenait à s'expliquer, la jeune femme se sentit rougir. Il lui avait remis une somme considérable.

— Je ne dépenserai pas le quart de tout cet argent, articula-t-elle avec embarras.

Sans prêter attention à sa remarque, il fit un léger signe de la main et s'éloigna à grandes enjambées en direction de l'hôpital.

Quelle scène étrange : on eût dit un père de famille confiant à son épouse l'argent du ménage... Cette pensée incongrue fit naître chez Andrina un curieux malaise.

Pendant près d'une heure, elle conduisit Salty de boutique en boutique, de plus en plus consciente du peu d'intérêt que portait sa protégée aux innombrables vitrines. La petite fille semblait uniquement préoccupée de satisfaire les exigences d'Howard. Elles firent l'acquisition d'un pyjama, de quelques sous-vêtements, et, après avoir accepté de se soumettre à l'essayage d'un pantalon de toile jaune, Salty fit clairement comprendre à la jeune femme qu'elle en avait assez.

— Et la robe que nous avions décidé d'acheter ? objecta Andrina.

L'enfant exhala un profond soupir.

— D'accord ! concéda-t-elle d'un air résigné. Mais je ne veux pas de robe longue...

— Bien sûr que non ! Qui donc t'a parlé d'une robe de soirée ?

— On en voit souvent dans les magazines. Des petites filles en tenue de soirée. Je trouve cela ridicule...

Elles entrèrent dans une boutique de vêtements pour enfants. La vendeuse se montra très compréhensive et fit preuve de beaucoup de patience vis-à-vis de sa petite cliente récalcitrante. Salty déambulait dans le magasin sans beaucoup d'enthousiasme, lorsque soudain son regard fut attiré par un ensemble de velours rouge.

— Celui-là ! dit-elle en effleurant de ses doigts la fine broderie anglaise qui ornait le col et les poignets de la veste. Regardez, il y a plein de trous minuscules dans le tissu !

Andrina échangea un regard amusé avec la vendeuse.

— C'est un argument de poids ! fit-elle dans un sourire malicieux. Et si tu prenais cette robe de coton, je la trouve ravissante.

La jeune employée emballait soigneusement les deux toilettes, quand Andrina vit une silhouette familière se profiler dans l'ouverture de la porte d'entrée. Howard les attendait sur le seuil.

— Etes-vous satisfaites de vos achats ? interrogea-t-il.

La jeune femme hocha silencieusement la tête, mais Salty ne semblait pas de son avis. Elle venait de découvrir dans un coin de la vitrine une paire de chaussures rouges et un sac à main assorti. Elle paraissait émerveillée par cette nouvelle trouvaille, et jetait des regards plein d'envie à son oncle.

— Croyez-vous que ces accessoires conviennent réellement... au style de Salty ? demanda-t-il.

Andrina n'eut pas le temps d'exprimer son opinion. La petite fille s'était déjà emparée des objets qu'elle convoitait, et elle se contemplait dans le miroir avec une satisfaction évidente.

— Nous les prenons ! dit Howard à la vendeuse d'un air résigné.

Quand ils quittèrent le magasin, il tendit à sa nièce un paquet volumineux qu'il avait jusque-là tenu dissimulé derrière son dos.

— Regarde, j'ai acheté quelque chose pour ta mule.

Salty s'empressa de déchirer le papier.

— Des carottes ! s'exclama-t-elle. Mais... on dirait qu'il y a autre chose. Oh ! Un harnais ! Elle va être rudement contente !

Ils entrèrent en riant dans le salon de thé le plus proche et dégustèrent des sorbets et des glaces. Salty était manifestement ravie de cette matinée. Elle parvint à convaincre les deux adultes de consacrer l'intervalle de temps qui les séparait du déjeuner à admirer les voiliers ancrés dans le port.

A midi, Howard les conduisit dans un restaurant réputé pour ses spécialités antillaises. Cette fois, la petite fille renonça à feindre de consulter le menu. Elle se renseigna directement auprès du serveur et, sur ses conseils, elle commanda d'une voix affectée un assortiment de poissons. En guise d'apéritif, Howard offrit un punch à ses deux invitées.

— Vous êtes vraiment très gentil, remarqua Andrina au cours du repas.

— C'est bien naturel ! Je vous dois une fière chandelle ! Jamais je n'aurais réussi à convaincre ce petit monstre de me suivre dans les magasins...

La jeune femme s'efforça de dissimuler sa déception. Ainsi, il n'agissait que par souci de s'acquitter d'un service rendu. Ces quelques heures d'intimité s'effaceraient-elles de son esprit dès leur retour à Flambeau ?

Elle essaya de fuir son regard et s'absorba dans la contemplation de la foule bigarrée qui défilait dans la grand-rue de Bridgetown.

— J'ai passé une excellente matinée ! s'écria soudain Salty dans un sourire radieux. Je suis très contente. Vous aussi, Andrina ?

— Oui, très, répondit-elle sans parvenir à savoir si elle disait la vérité.

La visite chez le médecin qui soignait sa tante occupa tout son après-midi. Howard de son côté, avait conduit Salty chez un pédiatre de ses amis. Quand ils se retrouvèrent aux environs de six heures, ils n'avaient que des bonnes nouvelles à échanger.

— Salty est en parfaite santé ! annonça-t-il gaiement. Comment va votre tante ?

— Très bien. Elle doit rester ici jusqu'à la fin du mois. Le médecin m'a promis qu'ensuite elle serait en pleine forme.

— Et de retour à Flambeau ! ajouta-t-il. Je crois que nous devrions fêter tout cela !

— J'ai peur que ma tante ne s'inquiète. Je préférerais retourner à Saint Thomas tout de suite et lui annoncer la bonne nouvelle. Quel bonheur de la revoir à Castaways !

— Gerald et vous l'attendrez sur le seuil...

Cette remarque mit la jeune femme au comble de l'embarras.

— Avez-vous l'intention d'épouser Fabian ? questionna-t-il avec une apparente désinvolture, comme ils se dirigeaient vers une station de taxis.

— Pas le moins du monde, balbutia-t-elle. Mais

puisque ma tante doit rester ici pendant plusieurs semaines, il nous faudra bien travailler ensemble.

— Essayez donc de le brusquer un peu. Les terres qui entourent Castaways pourraient être cultivées. Les récoltes vous permettraient de satisfaire tous les besoins alimentaires de l'hôtel.

— Auriez-vous oublié notre récente conversation ? Vous connaissez mon point de vue sur la question. Alors pourquoi tous ces conseils ?

— Je vous l'ai déjà dit. Je déteste voir les terres à l'abandon. Votre tante n'a refusé de me les vendre que sur les conseils de Fabian...

— Et vous essayez de me gagner à votre cause, constata-t-elle d'un ton amer. Howard, je ne vois pas pourquoi je tenterais de fléchir la volonté de ma tante. Elle ne veut pas vendre et moi non plus !

— Je vois... Oublions cela, voulez-vous ? Restons bons amis.

— Vous rendez parfois les choses bien difficiles !

— Je vous prie de m'en excuser.

Saint Thomas n'était qu'à quelques minutes du centre ville. Pourtant le trajet parut interminable à la jeune femme. Ces discussions sur l'utilisation de leurs domaines respectifs devaient-elles les opposer à jamais ? Andrina mesura soudain l'étendue de son désespoir. Etaient-ils condamnés à vivre en ennemis pour une question aussi futile ?

L'espace d'un instant, elle ferma les paupières comme pour mieux rassembler ses esprits. « Je suis amoureuse de cet homme », s'avoua-t-elle soudain. « Je l'ai sans doute toujours été. »

7

Le lendemain matin, ils mirent le cap sur Flambeau dès les premières lueurs de l'aube. La soirée à l'hôtel s'était déroulée dans une atmosphère presque familiale, Isabelle ayant fait servir le dîner sur le balcon qui jouxtait sa chambre, loin du bruit et du va-et-vient incessant de la grande salle. Par une sorte d'entente tacite, les uns et les autres se gardèrent de faire la moindre allusion à leurs points de désaccord, comme pour ne pas risquer de rompre l'édifice fragile de leur intimité naissante. La conversation fut animée et chaleureuse. Grâce à la verve et à la bonne humeur de Salty, elle se transforma même à plusieurs reprises en un éclat de rire général. A la fin du repas, la petite fille insista pour déballer ses nombreux paquets devant la vieille dame, prenant soin d'expliquer qu'elle réservait sa toilette de velours rouge pour le jour où son père reviendrait à Nettleton.

Pour l'heure, « L'Aigle des Mers » fendait les flots sereins de l'océan, les voiles gonflées par le vent frais du petit matin.

Dès son réveil, Andrina rejoignit Howard dans la cuisine.

— Vous semblez fatigué, remarqua-t-elle en s'installant à ses côtés. Avez-vous passé une bonne nuit ?

— Je n'ai pas très bien dormi. Mais le manque de sommeil ne me dérange guère. Au cours de mes longues croisières, il m'est arrivé de veiller des nuits entières sur ce bateau. Parfois également, j'ai dû rester éveillé des heures durant pour lutter contre la tempête.

— J'aurais tout de même pu vous laisser votre cabine. La chambre située à côté de celle de Salty aurait fait l'affaire...

— Cessez de vous tourmenter inutilement. J'ai l'habitude de coucher sur le pont...

L'arrivée de Parson interrompit leur discussion. Il apportait du café et des œufs au bacon.

— J'espère que vous aimez les petits déjeuners anglais, reprit Howard. C'est une habitude quand nous sommes en mer.

— Parson est un excellent cuisinier. Prépare-t-il aussi les repas à Nettleton ?

Andrina regretta aussitôt sa question. Elle avait un peu le sentiment de s'immiscer dans sa vie privée. Mais, si Howard partageait cette impression, il n'en laissa rien paraître car il répondit tout naturellement :

— Il lui arrive de prêter main-forte à Berthe... quand elle y consent. Elle n'est plus toute jeune, mais tant qu'elle vivra, elle ne laissera à personne le soin de s'occuper de moi. Avec elle, je ne manque jamais de rien...

« Sauf de la tendresse d'une femme », songea Andrina. Mais existait-il au monde un être capable de lui faire oublier Nola ? Howard avait aimé une fois dans sa vie. Restait-il dans son cœur une place pour une autre femme ?

Ils passèrent le reste de la journée sur le pont. Allongés au soleil, les yeux perdus dans l'azur infini du ciel, ils goûtèrent la paix de l'océan sans éprouver le besoin d'engager une quelconque conversation.

Inlassablement, les poissons volants surgissaient devant eux, trouant le temps d'un éclair l'immensité bleutée des reflets argentés de leurs écailles. A maintes reprises, la jeune femme jeta un coup d'œil furtif vers son compagnon immobile, et il lui sembla que dans cette contemplation silencieuse, un lien secret les unissait.

Quand la petite île se profila à l'horizon, Andrina sentit un léger pincement au cœur. Pourquoi fallait-il que les instants les plus merveilleux de l'existence aient une fin ?

En se redressant, elle aperçut au loin la silhouette de Gerald. Assis sur la jetée, il semblait guetter son arrivée.

— Parson va vous conduire à la plage, fit Howard d'une voix grave. J'espère que tout se sera bien passé pendant votre absence.

Il avait retrouvé le ton sévère, presque hostile du maître de Nettleton.

— Il n'y a guère que deux jours que je suis partie, répondit Andrina. Je suis certaine que Gerry a su se tirer d'affaire.

Elle dissimulait tant bien que mal la déception que lui causait sa décision. Elle avait espéré qu'il la raccompagnerait lui-même jusqu'au rivage. Tournant précipitamment le dos, elle rejoignit Salty.

— J'aimerais tant que tu rentres à Nettleton avec nous ! s'écria la petite fille en passant les deux bras autour du cou de son amie. Tu sais, je t'aime beaucoup..

Emue, tant par le tutoiement que par la manifestation de tendresse de l'enfant, la jeune femme eut du mal à retenir les larmes qui perlaient à ses paupières.

— Tu auras peut-être l'autorisation de venir à Castaways. Nous pourrons nous baigner ensemble dans la petite crique...

Peu après, la frêle embarcation s'éloignait silencieusement de la goélette. Salty regarda partir Andrina en lui adressant inlassablement des signes de la main.

Quand la barque toucha le bord de la jetée, Gerry attrapa au vol la corde que Parson lui lançait.

— Bienvenue à la maison! Avez-vous fait bon voyage?

Il semblait heureux de la voir de retour.

— Je n'aurais jamais imaginé que Bridgetown fût une ville aussi charmante. Ma tante va beaucoup mieux. Mais son traitement l'oblige à rester à la Barbade jusqu'à la fin du mois. Les médecins de l'hôpital lui dispensent les meilleurs soins. Elle nous reviendra en parfaite santé.

— Tant mieux, fit Gerald en l'aidant à se hisser sur la digue. Vous n'avez pas beaucoup de bagages...

— Je n'ai acheté que quelques babioles. Salty en revanche est revenue les bras chargés de paquets...

Mais elle n'avait guère envie d'entrer dans les détails de son excursion.

— Où en est le niveau d'eau? interrogea-t-elle en se remémorant soudain les événements du début de semaine.

— La situation s'est nettement améliorée, répondit-il avec un regard en coin. Il est parfois nécessaire de provoquer les dons de la nature...

— Que voulez-vous dire?

Une légère angoisse nouait la gorge de la jeune femme.

— Eh bien, j'ai beaucoup réfléchi à ce problème, et j'en suis arrivé à la conclusion que l'eau appartient à tout le monde. Je ne vois pas pourquoi Prentice...

— Gerald! Vous n'avez pas pris de l'eau à Howard, n'est-ce pas?

— Juste un peu, fit-il d'un ton désinvolte. Il en a beaucoup trop pour lui tout seul.

Andrina appréhenda par avance la réaction du maître de Nettleton.

— Ce n'est pas une raison, Gerry ! Nous avons chacun notre source. Si celle d'Howard a un plus gros débit, nous n'y pouvons rien.

Il passa un bras autour de sa taille, comme pour apaiser son inquiétude.

— Ce n'est qu'un emprunt ! expliqua-t-il.

Elle se mordit la lèvre inférieure.

— Nous n'avons pas le droit d'utiliser l'eau de Nettleton, un point c'est tout.

— Même si le besoin s'en fait cruellement ressentir pour les clients de l'hôtel ?

— Il suffira de nous montrer plus économes.

— Essayez d'expliquer cela aux vacanciers. Voulez-vous les persuader de ne prendre qu'une douche par semaine et de ne pas utiliser la piscine ?

Ils marchaient lentement en direction de la villa. Devant le mutisme réprobateur d'Andrina, Gerald poursuivit :

— Vous n'avez tout de même pas l'intention de les priver de leurs baignades quotidiennes !

— Pourquoi ne vont-ils pas nager dans la mer ? L'océan est assez vaste, il me semble. S'ils sont trop paresseux pour descendre jusqu'à la plage, eh bien tant pis pour eux ! Vous rendez-vous compte du volume d'eau que nous gaspillons en changeant l'eau du bassin tous les jours ?

— J'en suis tout à fait conscient. Mais je ne vois pas pourquoi Prentice jouirait de tous les bienfaits de cette île... Mais oublions ces choses sans importance. Racontez-moi plutôt votre séjour à la Barbade.

Andrina restait préoccupée par les agissements de Gerald.

— Qu'avez-vous fait pour détourner l'eau de Nettleton?

L'obstination de la jeune femme parut l'agacer.

— J'ai simplement creusé un sillon pour l'amener jusqu'à notre réserve. C'est temporaire. Il n'a pas plu depuis des semaines. Au premier orage, le réservoir sera rempli à nouveau. J'ai entendu gronder le tonnerre hier soir. Avec un peu de chance...

— J'espère que vous dites vrai, coupa-t-elle sèchement. Il n'empêche que vous auriez pu demander l'avis d'Howard.

— Il n'était pas là... Mais si vous insistez, j'irai le voir dans un jour ou deux.

— C'est la moindre des choses.

Andrina espérait que la visite de l'intendant serait perçue par Howard comme un geste de bonne volonté et qu'elle atténuerait la colère prévisible du maître de Nettleton. Mais les événements déjouèrent ses prévisions. Le soir même, en effet, ce dernier faisait irruption à Castaways. Il noua les rênes de son cheval à un pilier de la terrasse et entra d'un pas résolu à l'intérieur de la villa.

Quand Andrina l'aperçut, son cœur s'arrêta de battre. A sa mine renfrognée, elle ne put s'empêcher de craindre le pire.

— Où est Fabian? questionna-t-il sans même prendre le temps de la saluer.

— Il est descendu à la plage.

Elle considéra avec inquiétude son regard sombre.

— Howard, si vous êtes venu au sujet de l'eau, laissez-moi vous dire que je suis désolée de ce qui est arrivé. Je crains que Gerry n'ait pas réfléchi suffisamment à la portée de ses actes.

— Réfléchi! Il s'agit bien de réfléchir! N'importe qui pouvait deviner qu'une telle tranchée priverait Nettleton de la moitié de sa réserve d'eau. Si cette eau vous était vraiment indispensable, je comprendrais. Mais vous la gaspillez dans cette piscine coûteuse et inutile ! Avez-vous songé aux conséquences de ce geste irresponsable ? Je suppose que non. Vous paraissez aussi inconsciente que Fabian...

Cette accusation sans fondement fit naître en elle un irrépressible sentiment de révolte.

— Votre colère est justifiée, Howard. Mais sachez que je n'y suis pour rien. Gerald a prétendu qu'il s'était contenté de creuser un sillon...

— Eh bien il vous a menti.

Soudain, ses traits parurent se détendre.

— J'aurais dû deviner qu'il avait agi pendant notre absence. J'étais persuadé que vous étiez au courant... Essayez de me comprendre, Andrina, ce domaine représente tant pour moi. Je ne pourrais supporter de le voir ruiné par un acte aussi stupide. Sans irrigation, les plantations dépériraient en l'espace de quelques jours. J'ai comblé la tranchée. Vos clients n'auront qu'à se baigner dans la mer...

— Je suis navrée, Howard. J'ignorais que les choses étaient aussi sérieuses.

Le remords se peignit sur le visage du jeune homme.

— Je n'aurais pas dû vous accuser de la sorte. Mais j'étais dans une telle rage...

— Je comprends, fit Andrina. Et vous avez raison : en période de sécheresse, le fonctionnement de la piscine constitue un gaspillage scandaleux.

— Avez-vous suffisamment de réserves pour subvenir aux besoins de l'hôtel ?

— Oui. De plus Gerry estime qu'il ne tardera pas à pleuvoir. Le tonnerre a grondé pendant notre visite à Bridgetown.

Il se tourna vers la montagne, le visage brusquement empreint d'une dureté qu'elle ne lui connaissait pas.

— Il a peut-être raison. Je l'espère, en tout cas.

— Pensez-vous qu'il puisse s'agir du volcan ?

— Non, rassurez-vous. C'était sans doute le tonnerre.

Il descendit les marches de la terrasse et se dirigea vers sa monture.

— Vous prendrez bien un rafraîchissement, lança Andrina. Il fait si chaud...

Il parut hésiter.

— Non, je vous remercie. Il faut que je rentre à Nettleton au plus tôt... Et je vous prie de m'excuser, je me suis montré si brutal...

— C'est notre faute. Mais je suis certaine que Gerry ne voulait pas...

Howard ne l'écoutait plus. Ses yeux restaient fixés sur le sommet de la montagne. Soudain, il se ressaisit et monta en selle.

— Si jamais un danger se présentait, promettez-moi de me rejoindre à Nettleton.

— Howard...

Il fit mine de partir.

— Merci encore pour Bridgetown ! s'écria-t-elle, désireuse de prolonger leur entretien. Je garderai un merveilleux souvenir de ce voyage.

Son visage se fendit d'un large sourire.

— Salty est très fière de ses achats. Elle a essayé plusieurs fois sa robe de coton devant le miroir de sa chambre.

— Et son ensemble rouge ?

— Elle le garde précieusement pour une grande occasion.

— Votre frère l'a-t-il définitivement abandonnée ?

Cette question parut le surprendre.

— Il y a plus de six mois que je n'ai pas reçu de nouvelles de Richard. J'espère pourtant qu'un jour il reviendra... pour Salty. Un oncle peut difficilement remplacer un père dans le cœur d'un enfant... comme vous me l'avez fait si justement remarquer.

— Ce n'était pas une critique, dit Andrina d'une voix mal assurée. Et je vous connaissais si peu à l'époque...

Il la scruta intensément.

— Croyez-vous mieux me connaître maintenant ?

— Je... je le pense en effet. Je me suis montrée injuste envers vous.

— Je vous ai déjà pardonné, cria-t-il en enfonçant les talons dans les flancs de sa monture.

— Que voulait-il ? questionna Gerald à son retour. Venait-il vous importuner au sujet de la source ?

— Il a tout remis en ordre et je lui donne entièrement raison. Si vous vous étiez montré un peu plus diplomate, il nous aurait sans doute permis de lui emprunter un peu d'eau...

— Il n'y a vraiment pas de quoi en faire un drame ! fit Gerald, agacé par les remontrances de la jeune femme. Que diriez-vous d'un bain de mer ? Je n'ai jamais eu aussi chaud de ma vie...

Elle jeta un coup d'œil furtif à la montagne et aperçut la silhouette d'un cavalier qui galopait sur la crête de l'Anse des Deux Feux.

— J'ai du travail, Gerry. Le dîner de ce soir n'est pas tout à fait prêt. Je crois que nos visiteurs ont envie de visiter les plantations d'épices demain. Pourquoi n'iriez-vous pas demander l'autorisation à Howard ?

— Pour essuyer un refus ? Je n'ai guère envie de mettre les pieds à Nettleton en ce moment.

— Je suis certaine qu'il accepterait. Voilà des années que les clients de Castaways visitent les plantations. Je vous prie de vous en occuper, Gerald.

Pour la première fois, la jeune femme avait fait preuve d'autorité. Elle sentit aussitôt la réticence de l'intendant.

— Je ferai de mon mieux, répondit-il brièvement.

Sans rien ajouter, Andrina regagna la cuisine où elle s'absorba dans la confection d'un nouveau dessert.

8

Dans les jours qui suivirent, la chaleur devint suffocante : canicule anormale sous ces latitudes où des brises tempérées soufflaient en permanence et rafraîchissaient l'atmosphère. A plusieurs reprises, les habitants de l'île entendirent au loin des grondements sourds. Mais la pluie ne venait pas.

Les clients de Castaways ne cessaient de se plaindre. Les restrictions d'eau ne firent qu'accroître leur nervosité. Ils répétaient à qui voulait bien l'entendre qu'ils avaient payé pour bénéficier d'une piscine et de l'eau courante dans les salles de bains, ils n'entendaient pas être privés de ces avantages. Andrina déployait des trésors de patience et de diplomatie, mais ses efforts ne parvenaient qu'à apaiser partiellement les griefs de ses hôtes.

— Il est impossible de satisfaire tout le monde, lui disait Gerald avec philosophie. Mieux vaut en prendre son parti.

— L'orage ne devrait plus tarder maintenant. J'ai entendu un nouveau grondement ce matin. Mais il semblait provenir de très loin... comme s'il montait des entrailles de la terre...

— Alors, il s'agissait de la montagne. Elle rugit ainsi depuis des années.

— Pensez-vous qu'une éruption soit possible ?

Gerald secoua la tête.

— J'en doute. On percevrait des signes plus significatifs.

— Par exemple ?

— Je ne sais pas... des jaillissements de lave... ou de légères secousses sismiques...

Le visage de la jeune femme reflétait la plus profonde gravité.

— Nous devrions tout de même prendre certaines précautions...

— J'ai déjà songé à tout cela. Nous pouvons embarquer les clients et les objets de valeur en moins d'une demi-heure. Ensuite, une heure suffit pour regagner Grenade.

Il eut un geste d'apaisement.

— Mais ne vous tourmentez pas inutilement, Drina. Nous n'aurons sans doute jamais à en arriver là.

— Howard nous a offert son aide, poursuivit la jeune femme sans prêter attention à ses propos rassurants. Si le volcan se réveillait, nous pourrions le rejoindre et profiter de « L'Aigle des Mers ».

— Ce serait de la folie. A la prochaine éruption, la lave coulera de l'autre côté de l'île, sur le versant de Prentice, comme par le passé.

— Tout son travail serait anéanti, soupira-t-elle.

— Vous avez raison, son petit royaume se trouverait enfoui sous les cendres. Et ses rêves de domination à jamais détruits...

— Vous êtes injuste envers lui. Sans doute peut-on lui reprocher bien des choses. Mais je suis persuadée qu'il n'agit que pour le bien des villageois et pour le bonheur de Salty.

Gerald ne répondit pas, mais sa physionomie trahissait un scepticisme éloquent.

Au cours de la journée, une masse impressionnante d'épais nuages gris s'amoncela au-dessus du cratère. Chez les vacanciers, la colère faisait place à l'anxiété, et beaucoup manifestèrent le désir de quitter l'île au plus tôt. De leur côté, les indigènes restaient impassibles, mais leurs grands yeux affolés scrutaient avidement l'horizon dans l'espoir de voir arriver la pluie.

— Une catastrophe se prépare, prédit Peter, le front plissé. Je n'ai jamais vu le paysage aussi menaçant. Même les oiseaux ne chantent plus.

Andrina n'était pas restée insensible au silence oppressant qui pesait autour d'eux. Le temps semblait suspendu, comme à l'approche d'un grave cataclysme.

Le premier avertissement sérieux émana de la montagne elle-même. Un rugissement d'une rare violence déchira soudain le calme apparent de la petite île. La jeune femme vit Luella et Peter se jeter sous la table de la cuisine et s'allonger sur le carrelage. Chacun se précipitait à la recherche d'un refuge, aussi dérisoire fût-il.

— C'est ce maudit démon ! hurlait Luella. Seigneur, qu'allons-nous devenir ?

Pourtant, jusqu'à la tombée de la nuit, le volcan parut avoir abandonné toute activité. Mais ce qui était demeuré invisible à la lumière du jour ne put échapper aux habitants de l'île dans la pénombre grandissante du crépuscule. Le brasier qu'avait admiré Andrina le jour de son arrivée à Flambeau, projetait autour du cratère une auréole d'une luminosité accrue, d'où s'échappaient des gerbes incandescentes qui trouaient le ciel d'éclairs fulgurants. Tout le sommet du cône montagneux semblait embrasé par un gigantesque feu d'artifice. Bientôt, des grondements sinistres recommencèrent à se faire entendre. L'odeur du soufre devenait de plus en plus tenace.

Andrina fut prise d'une atroce migraine et passa

une nuit sans sommeil, entre des draps humides de transpiration. Aux premières lueurs de l'aube, elle sortit sur la terrasse pour voir où en étaient les choses. Terrifiée, elle vit une fumée noirâtre s'élever en épaisses volutes au-dessus du volcan. Cette fois, le doute n'était plus permis : la montagne était sur le point d'entrer en éruption.

Après un court moment de panique, elle courut dans la chambre de Gerald. Celui-ci, debout à sa fenêtre, contemplait l'Anse des Deux Feux d'un air incrédule.

— Il faut faire évacuer les clients immédiatement, dit-elle en s'efforçant d'affermir le son de sa voix.

Il se tourna vers elle, les bras ballants, comme hébété.

— Ainsi c'est arrivé ! murmura-t-il. Un événement que l'on redoute sans le croire réellement possible... C'est fini, Andrina, nous sommes pris au piège, comme des rats.

— Taisez-vous ! Cette fumée n'est qu'un avertissement. Conduisez les visiteurs à Grenade. A votre retour, nous verrons comment la situation aura évolué...

— A mon retour ! répéta-t-il comme dans un écho. Vous plaisantez, je suppose. J'ai bien l'intention de vous emmener avec moi, et croyez-moi, je ne suis pas près de revenir. Nous partons ensemble, sur-le-champ.

— Non, Gerry. Moi je reste. Howard peut avoir besoin de mon aide. Et puis il y a tous les enfants du village et...

— C'est l'affaire de Prentice. Ces gamins ne sont pas sous votre responsabilité.

— Qu'importent les responsabilités ! Je suis décidée à rester et à faire tout ce qui est en mon pouvoir pour...

— Drina, soyez raisonnable. Nous pourrons être à Grenade dans moins d'une heure, sains et saufs.

Elle le regarda comme si elle le voyait pour la première fois de sa vie.

— Je ne pourrais pas... je serais incapable de m'enfuir dans de telles circonstances.

— Vous avez perdu la tête ! s'écria-t-il en lui saisissant brutalement le bras. Avez-vous envie de mourir ?

— Pas plus que vous, Gerald. Mais je n'oserais plus jamais me regarder dans un miroir si je partais en abandonnant ces femmes et ces enfants.

— C'est du sort de Prentice que vous vous préoccupez, n'est-ce pas ? Alors bonne chance. J'espère simplement qu'il parviendra à vous faire quitter l'île à temps. Je vous laisse encore une demi-heure pour prendre une décision : soit vous partez avec moi, soit vous choisissez de vous exposer à un danger mortel. Dans peu de temps, notre île ne sera plus qu'une boule incandescente.

Andrina considérait avec incrédulité l'homme qui lui faisait face. Jamais elle ne l'aurait cru assez lâche pour abandonner Castaways au premier signe de danger.

Elle descendit en hâte dans les cuisines et trouva Luella et Peter le nez collé à la fenêtre. De grosses larmes roulaient sur les joues de la cuisinière. Andrina vint se placer derrière eux. A cet instant, une colonne de feu mêlée de cendres jaillit du cratère de l'Anse des Deux Feux. Une coulée de lave déferla comme une cascade le long du flanc de la montagne et recouvrit en un éclair la plage de sable brun.

— Luella, préparez des sandwiches ! ordonna-t-elle d'une voix étonnamment posée. Tout fera l'affaire. Peter, montez à Nettleton et demandez à M. Prentice s'il a besoin de notre aide.

— Non, Miss, fit le petit homme en secouant énergiquement la tête. Je ne m'approcherai pas de la montagne...

— Prenez le chemin qu'il vous plaira, coupa la jeune femme. Mais allez à Nettleton. A moins que vous n'ayez vous aussi l'intention de fuir...

— Si vous restez, Miss, je reste aussi. Tous les démons ne me feront pas fuir si vous restez.

— Moi aussi, je reste, déclara Luella d'une voix tremblante. Je suis sûre que M. Prentice saura nous tirer d'affaire.

Les vacanciers se rassemblèrent silencieusement sur la terrasse. Quelques-uns exprimèrent le désir de rester, mais Gerald eut tôt fait de les convaincre d'embarquer pour Grenade. Bientôt, une lente procession marchait en direction de la plage.

Le jeune intendant essaya une nouvelle fois de vaincre la résistance d'Andrina.

— Vous êtes inconsciente, lui dit-il d'une voix grave. Tout pourrait arriver maintenant...

— Ma décision est prise, Gerry. Au revoir... et bonne chance.

Il la contempla un long moment en silence.

— Vous regretterez bientôt cette stupide démonstration de fidélité. Je vous en prie, Drina, venez avec nous.

Elle eut un geste négatif de la main.

— Je ne changerai pas d'avis.

Il se pencha pour l'embrasser, mais, une fois de plus, elle détourna la tête pour éviter le contact de ses lèvres.

— Soyez prudent, Gerry. Et si vous allez à la Barbade, promettez-moi de rendre visite à ma tante.

— Je crains que Mme Spiller n'apprécie guère votre comportement.

— Elle comprendra, assura Andrina.

Sur ces mots, elle pivota sur ses talons et reprit la

direction de l'hôtel. En chemin, elle s'efforça de ne pas porter le regard sur l'Anse de Deux Feux. Pourtant, des jaillissements incessants embrasaient le ciel tout entier. Au fil des heures, les rugissements du volcan se faisaient plus sourds et plus menaçants.

De retour à la villa, elle essaya de s'absorber dans les tâches domestiques habituelles. Peter était parti à la recherche d'Howard. Il avait emprunté le chemin de la plage pour éviter la colère de la montagne. Joss avait accompagné Gerald à Grenade.

Aux environs de deux heures, un léger tremblement de terre secoua les fondations de Castaways. Toutes les lampes de l'hôtel s'éteignirent en l'espace de quelques secondes. Un terrible silence s'abattit sur le paysage.

Dans combien de temps Peter serait-il de retour ? Aurait-il trouvé Howard Prentice ? Soudain inquiète, la jeune femme songea que les plans d'évacuation de Nettleton ignoraient peut-être les habitants de Castaways. Pourtant, dans son for intérieur, elle restait persuadée qu'Howard ne les abandonnerait pas.

Quand il arriva à proximité de l'hôtel, elle ne l'attendait déjà plus. Il maîtrisait tant bien que mal sa monture terrorisée. Elle courut à sa rencontre et lut aussitôt sur son visage une folle anxiété.

— Salty a disparu, fit-il immédiatement. Impossible de la retrouver...

— Quand est-elle partie ?

— Il y a environ une heure. Elle s'est enfuie avec sa mule. Mais l'animal est rentré seul à Nettleton. Je ne sais absolument pas où elle a pu aller. Mais il y a de grandes chances qu'elle ait été victime d'un accident. J'ai fouillé tout le village et Parson a sillonné la plage. Nous ne l'avons pas trouvée.

— Avez-vous essayé la route qui mène à la montagne ?

— Non. Je ne crois pas qu'elle y soit montée. Elle a toujours eu si peur du volcan.

— Comment puis-je vous aider ? interrogea Andrina.

Il jeta un coup d'œil furtif en direction de l'hôtel.

— Vous aurez suffisamment à faire ici si le volcan se déchaîne. Où est Fabian ?

— Il... il a conduit les clients à Grenade ce matin.

Les traits d'Howard revêtirent un insondable mépris.

— Je suppose qu'il ne s'est pas fait prier pour partir. Pourquoi ne l'avez-vous pas suivi ?

A cet instant, elle aurait pu lui dire la vérité, elle aurait pu lui crier son amour. Mais les mots moururent au fond de sa gorge et elle se contenta de répondre :

— Je ne pensais pas que les choses seraient aussi graves. Je ne voulais pas abandonner Castaways.

— Vous avez eu tort. Une véritable catastrophe se prépare.

— J'ai décidé de rester, fit-elle d'une voix ferme. Vous avez besoin d'aide, ne serait-ce que pour retrouver Salty.

Il parut réfléchir un moment.

— Prenez la camionnette et conduisez Luella et les autres à Nettleton, ordonna-t-il enfin. Je vous emmènerai avec les gens du village dans un endroit que je crois à l'abri du danger. Il faut faire vite maintenant.

Sur quoi il s'éloigna au galop et disparut rapidement au bout du sentier. Les pensées d'Andrina allèrent immédiatement à la petite fille. Et soudain, elle se remémora le secret que Salty avait voulu lui faire partager quelques jours auparavant. Peut-être s'était-elle réfugiée dans la cachette que son père lui avait indiquée...

Elle appela Luella.

— Nous partons à Nettleton immédiatement, expliqua-t-elle à la cuisinière. Il faut absolument que je vois M. Prentice.

— Vous ne le trouverez pas à Nettleton, lui assura la jeune indigène avec conviction. Il doit être au village pour rassembler les paysans et leurs enfants.

Soudain, son visage blêmit.

— Le port... le port va être complètement détruit. Il n'y aura plus de digue après le raz de marée.

Andrina ignorait que les éruptions volcaniques pouvaient s'accompagner d'un raz de marée. Les travaux du port n'étaient pas achevés. L'océan anéantirait-il en quelques minutes les efforts de plusieurs années ? Elle comprit soudain avec horreur qu'il n'était plus question de fuir à bord de « L'Aigle des Mers » si la mer venait à se déchaîner.

Elle chargea la camionnette de tous les objets de valeur qu'elle put trouver dans l'hôtel et installa les cages des perroquets à l'arrière du véhicule. Le canot n'était toujours pas revenu. Au fond de son cœur, elle ne pouvait s'empêcher d'espérer que Gerald changerait d'avis.

La jeune femme conduisit le véhicule à vive allure. Pourtant, sur le versant escarpé de la montagne, elle dut rétrograder et appuyer à fond sur l'accélérateur. Le moteur donnait des signes de fatigue et elle craignit à maintes reprises d'être obligée d'abandonner la fourgonnette sur le bas côté de la route.

Quand elle arriva en vue de Nettleton, elle prit immédiatement conscience de l'effervescence qui y régnait. Howard avait réuni tous les paysans. Elle sortit en hâte de son véhicule et partit à la recherche du maître des lieux.

— Le patron ? Il court toujours après Miss Salty,

l'informa un des villageois. Je crois qu'il est parti en direction du port...

— Ecoutez, si jamais vous le voyez, dites-lui que je suis allée la chercher près de la source de Castaways. J'ai la ferme conviction qu'elle s'y trouve.

Elle regagna la camionnette, mit le contact et amorça un demi-tour. La chaleur semblait augmenter de minute en minute. A intervalles réguliers, la terre était secouée de tremblements, et la montagne rugissait avec plus d'intensité.

« Pauvre Salty » songea Andrina. « Elle doit être terrorisée. » Elle traversa les plantations d'épices aussi vite qu'elle le put. Dans l'atmosphère torride, les effluves qui se dégageaient des arbustes devenaient écœurantes.

Bientôt, la configuration du terrain rendit la progression impossible à la camionnette au moteur surchauffé. Elle dut s'arrêter non loin du but et poursuivre son chemin à pied. Elle courait à perdre haleine en direction de la source, quand elle découvrit avec horreur que la cachette de la petite fille se trouvait dans la trajectoire probable des coulées de lave. D'une voix pleine d'angoisse, elle lança à plusieurs reprises le nom de Salty, mais seuls les ronflements menaçants du volcan lui répondirent.

Soudain, elle crut percevoir un faible gémissement. L'enfant se terrait-elle derrière l'un de ces buissons ? Andrina tendit l'oreille. Bientôt, un second cri se fit entendre. Elle marcha dans la direction d'où semblaient provenir les appels. A l'instant où elle dépassait une petite caverne creusée dans la roche, une nouvelle plainte l'arrêta net. Elle tourna la tête et aperçut instantanément le petit corps de Salty allongé sur le sol.

— Te voilà enfin ! cria-t-elle avec soulagement en prenant l'enfant entre ses bras.

La petite fille s'accrocha à elle sans souffler mot, le corps secoué de violents sanglots.

— Je venais te chercher, dit-elle enfin d'une voix à peine audible. Je… je venais à Castaways.

— Qu'est-il arrivé à ta mule ? interrogea la jeune femme avec douceur.

— Elle s'est enfuie. Quand j'ai glissé, elle est partie au galop. Je me suis fait très mal à la cheville.

Andrina palpa le pied de l'enfant.

— Seigneur, mais c'est enflé ! Pourvu qu'il ne s'agisse pas d'une entorse… Qu'est-il arrivé ?

— Je… je suis tombée. Ma mule s'est affolée quand elle a entendu le démon de la montagne. Et elle m'a jetée par terre.

— Maintenant, nous devons retourner à Nettleton. Essaie de marcher, Salty.

La petite fille posa le pied à terre en grimaçant. Des larmes roulaient aux coins de ses paupières, mais malgré tout son courage, elle ne put avancer.

— Grimpe sur mon dos ! ordonna alors Andrina. Je te porterai jusqu'à la camionnette.

Salty s'exécuta docilement et s'agrippa aux épaules de son amie.

— Je t'aime beaucoup, dit-elle en déposant un baiser sur sa joue.

Andrina atteignit le véhicule à bout de souffle. Elle installa l'enfant sur la banquette arrière et mit le contact. Le moteur refusa de démarrer. Après plusieurs tentatives infructueuses, elle dut enfin se rendre à l'évidence.

— Salty ! Il faut rentrer à pied. Je t'aiderai autant que je le pourrai.

Avec un peu de chance, elles rencontreraient Howard ou un villageois sur leur chemin. La route descendait abruptement, en suivant le flanc de la colline. Quand elle atteignit les premières plantations, la jeune femme était hors d'haleine. Salty n'était pas très lourde, mais la chaleur rendait plus difficile chacun de ses pas. Le visage inondé de sueur, elle marchait péniblement tout en jetant des regards angoissés en direction du volcan.

— Nous nous reposerons un instant quand nous serons arrivées au bosquet que tu vois là-bas. Il ne nous reste plus que quelques mètres à parcourir.

La petite fille lui étreignait si fébrilement la nuque qu'elle avait parfois du mal à respirer.

Elle déposa l'enfant à l'ombre d'un grand palmier. Une fine poussière noirâtre commençait à recouvrir le sol et elle s'aperçut que tous leurs vêtements en étaient imprégnés.

— Nous en serons quittes pour un bon bain ! fit-elle pour tenter de distraire la petite fille.

Dix minutes plus tard, elles traversaient les bananeraies. Leurs abondants feuillages les abritèrent un instant de la brûlure du soleil. Brusquement, un roulement terrible s'éleva du cratère.

— Tout va exploser, murmura Salty en sanglotant.

— Non, pas encore, répondit Andrina d'un ton de défi. Tu verras, nous y arriverons.

Elle était à bout de force. Chaque pas devenait pour elle un véritable supplice. Elle savait que d'un instant à l'autre, elle risquait de s'effondrer. Mais le contact du petit corps cramponné à son dos lui insufflait une énergie que seule, elle n'aurait jamais trouvée. Elle serrait les dents, et, insensible à la douleur qui tenaillait chacun de ses membres, elle poursuivait tête baissée sa lente progression.

Tout à coup, il lui sembla qu'une silhouette se profilait au-devant d'elle. Elle se redressa et écarquilla ses yeux endoloris par la lumière aveuglante : un homme avançait dans leur direction. Elle crut reconnaître Howard, mais le cri de Salty lui fit comprendre son erreur.

— Papa! hurla-t-elle en relâchant le cou de la jeune femme. Papa, tu es revenu!

Il prit l'enfant entre ses bras et la couvrit de baisers.

— Vous êtes Richard, n'est-ce pas? fit Andrina à l'adresse de son sauveur. Comment se fait-il que vous soyez de retour aujourd'hui?

— J'ai appris que vous étiez en difficulté à Flambeau. Je suis venu aussi vite que possible. La fumée du volcan est visible bien au-delà de Grenade.

Il serra sa fille contre sa poitrine et lui demanda :

— Alors Salty, qu'as-tu fait pendant tout ce temps? Peut-être pourrais-tu me présenter ton amie...

Au comble de la surprise et de la joie, la petite fille resta muette, le visage enfoui dans les replis de la chemise de son père.

— Je suis Andrina Collington. J'habite à Castaways, mais Howard nous a fait venir à Nettleton dès que la situation a commencé à empirer.

— Je ne l'ai pas encore vu, dit le jeune homme. Je suppose qu'il va avoir besoin de notre aide. Je crois que nous ferions mieux de rentrer au plus tôt.

Le domaine de la famille Prentice avait été pris d'assaut et une foule hagarde s'entassait à l'intérieur de la maison et dans le jardin. Luella et Berthe distribuaient des rafraîchissements et des pâtisseries aux enfants. Tous les hommes semblaient avoir disparu.

— Ils ont dû rejoindre mon frère, fit Richard d'un air songeur. Voulez-vous mettre Salty au lit? Elle a besoin de repos.

Andrina hocha la tête.

— Vous allez revenir, n'est-ce pas? Et vous ramènerez Howard...

— Rassurez-vous, répondit-il en la scrutant intensément. Je suis certain qu'il ne lui est rien arrivé.

— Il doit être mort d'inquiétude au sujet de Salty. Trouvez-le et dites-lui qu'elle est saine et sauve.

Richard se tourna vers la petite fille et déposa un tendre baiser sur son front.

— Sois sage, Salty, je reviens tout de suite !

La jeune femme conduisit sa protégée dans sa chambre. Quand l'enfant fut endormie, elle se sentit brusquement désœuvrée, les nerfs à vif. L'attente ne fit qu'accroître son angoisse. L'obscurité envahissait peu à peu le paysage, tandis que le volcan continuait de refouler des jets de lave incandescents.

Les villageoises avaient formé un cercle sur la véranda, et bientôt une étrange mélopée vint accompagner les rugissements de la montagne. C'était un chant grave et inquiétant, comme pour une veillée funèbre.

Luella apporta un verre à Andrina.

— Le raz de marée ne devrait plus tarder maintenant, dit-elle d'un air résigné. Et après, tout sera terminé.

— Luella ! Où sont partis tous les hommes ?

Elle avait saisi avec force le bras de la cuisinière.

— Ils ont dû aller au port, expliqua cette dernière. Avec M. Prentice et son frère...

— Mais le raz de marée ? Etes-vous sûre qu'il se produira ?

— Oui. On dit que quand la montagne gronde, des vagues envahissent la baie. Des vagues énormes qui balayent tout...

Le cœur de la jeune femme s'arrêta de battre. Howard et Richard couraient un terrible danger.

La nuit fut interminable. Seuls les enfants étaient parvenus à s'endormir, mais dans leur sommeil, ils pleuraient et gémissaient sans cesse. Au lever du jour, une sourde explosion ébranla l'île tout entière. Andrina se précipita sur la terrasse. Mais elle ne vit rien. Seule une fine spirale de fumée s'élevait du volcan.

Au fil des heures, les villageois semblaient reprendre de l'espoir.

— Ils veulent rentrer chez eux ! annonça Berthe d'un air soulagé. Je vais leur préparer un petit déjeuner, et après ils partiront s'ils le veulent.

L'alerte était terminée. Mais que faisait Howard ? Devant l'effondrement de tous ses rêves, s'obstinait-il à défier la nature en cherchant par tous les moyens à protéger la digue de la fureur de l'océan ? Richard se trouvait-il à ses côtés ?

Andrina ne put se résoudre à attendre plus longtemps. Si l'un des deux hommes avait été blessé, elle pourrait se rendre utile et aider à soulager ses souffrances. Elle s'apprêtait à quitter la villa lorsque le son d'une voix familière la fit se retourner.

— Howard ! s'écria-t-elle en courant à sa rencontre.

Sa chemise était déchirée et du sang coulait de son front. Ses yeux creusés de cernes profonds trahissaient une extrême lassitude.

— Laissez-moi vous soigner, fit-elle aussitôt. Je vais m'occuper de vous.

— Pourquoi ne l'avez-vous pas fait plus tôt ? demanda-t-il d'une voix rauque. J'attendais cet instant depuis si longtemps...

— Vous ne me l'avez jamais expressément demandé, murmura-t-elle, le cœur battant.

— Auriez-vous accepté ?

Andrina prit une profonde inspiration.

— Non. Je... je n'aime pas les fantômes.

— Les fantômes ?

— La mère de Salty. Vous étiez amoureux d'elle.

Les muscles de sa mâchoire se contractèrent imperceptiblement.

— Nola est morte. Elle n'existe plus pour personne.

— En êtes-vous certain ?

Il la saisit par le bras avec force.

— Absolument certain. Et vous, pourquoi êtes-vous venue ici ? Pour tenter d'oublier un homme, n'est-ce pas ?

— Oui, fit-elle brièvement.

— L'avez-vous fait ?

— Je n'en sais rien.

Howard laissa échapper un soupir.

— Vous deviez l'aimer plus que tout. Comptez-vous retourner auprès de lui ?

Elle secoua la tête en signe de dénégation.

— Il a épousé une autre femme. Après trois ans de...

Les mots s'éteignirent au fond de sa gorge et elle plongea son regard dans le sien.

— Alors, je n'ai pas l'intention de m'engager dans une nouvelle aventure sans être sûre de...

— Voulez-vous que je vous promette un amour éternel ? demanda-t-il d'une voix enrouée.

— Howard...

— Je vous aime, Andrina. Allez-vous enfin le comprendre ?

Il l'attira à lui et déposa fermement sur ses lèvres un baiser plein de fougue.

— Howard, je vous aime aussi. Je suis à vous... pour toujours.

Il l'entraîna vers l'extrémité de la terrasse d'où ils pouvaient apercevoir le port.

— Il est presque entièrement détruit, dit-il. Mais nous le rebâtirons. La vague était moins haute que prévue... Les plantations ont aussi subi beaucoup de dégâts. Mais je ne me laisserai pas décourager. Ensemble, nous reconstruirons Flambeau.

Ils restèrent un long moment à contempler le vaste

océan, comme pour essayer d'y déchiffrer leur avenir.

— Et Salty ? interrogea Andrina après un temps.

— Richard a décidé de s'installer à la Barbade. Elle pourra ainsi vivre une vie plus... normale et aller à l'école comme toutes les petites filles de son âge.

Il ramassa un arbuste à demi calciné.

— Je me demande d'où il peut bien provenir, dit-il en inspectant la racine. Il est très abîmé. Mais nous le replanterons, et nous le regarderons pousser.

« Comme notre amour » songea Andrina en posant la tête sur son épaule. « Il embellira de jour en jour et défiera le temps... »

Les Prénoms Harlequin

ANDRINA

Celle qui porte ce prénom est l'incarnation même de la féminité. Amour, beauté et dévouement constituent les trois constantes de sa vie. Encline à l'abnégation, elle n'a pas conscience de ses atouts naturels et ne vit que pour les autres. Sa générosité sans limites lui vaut beaucoup d'estime et d'affection.

Andrina Colington vole au secours de la nièce d'Howard par pure bonté d'âme et non dans l'espoir d'une quelconque reconnaissance.

Les Prénoms Harlequin

HOWARD

Ce prénom qui signifiait à l'origine ''gardien en chef'' désigne un être sûr, digne d'une confiance absolue. Il excelle dans l'art de créer une atmosphère propice aux confidences et d'écouter les problèmes de chacun. Mais s'il recueille aussi facilement les secrets des autres, il ne se livre pas pour autant et demeure mystérieux.

Howard Prentice, habitué à vivre seul sur son île, tolère mal l'invasion des touristes.

LE MONDE D'HARLEQUIN

Un monde d'évasion
…quand vous rêvez du soleil
des tropiques et de mers d'émeraude
lisez Harlequin!

Un monde d'aventure
…parce que vous voulez de l'action
des intrigues passionnantes qui vous captivent
lisez Harlequin!

Un monde de tendresse
…si vous aimez les héroïnes attachantes
et que vous partagez leurs sentiments,
leurs émotions
lisez Harlequin!